AÏRA

Gewidmet meiner Frau und meiner Tochter.

Besonderer Dank außerdem an die Testleser dieses Buches.

Wilhelm erwacht völlig verwirrt in einer fremden Welt

Wilhelm Steiner erwacht ohne Erinnerung in einem Krankenhaus. Er ist kaum fähig, sich zu bewegen, und ihm fehlt die Kraft, um bei Bewusstsein zu bleiben. Was ist passiert?

Bei seinem Kampf zurück ins Leben setzt Wilhelm neu entdeckte mystische Fähigkeiten ein und erfährt, wer ihm das angetan hat.
Diesen Teil seines halblegalen Lebens möchte er hinter sich lassen, doch das versuchen Bekannte von damals zu verhindern.

Bibliografische Information der Deutschen Nationalbibliothek: Die Deutsche Nationalbibliothek verzeichnet diese Publikation in der Deutschen Nationalbibliografie; detaillierte bibliografische Daten sind im Internet über dnb.dnb.de abrufbar.

Herstellung und Verlag: BoD – Books on Demand, Norderstedt
ISBN: 9783756890071

Der Autor:

Jonathan J. Gugenberger ist leidenschaftlicher Philosoph und Geschichtenerzähler und schreibt seine Gedanken in spannenden Fantasy und Science-Fiction Romanen nieder.

Besuche den Autor:

Inhaltsverzeichnis

Was bisher geschah:
Eine interessante Spezies

Menschen! Eine interessante Spezies!

Damals kannte ich die Menschen kaum. Weil sie mir aufgefallen waren, beschloss ich irgendwann, sie etwas genauer zu beobachten.

Ich erkannte, dass sie in einer Art Terrarium lebten, welches sie selbst Erde nannten, und dessen Boden aus flüssigem und festem Gestein bestand, überzogen mit fruchtbarer Erde und Wasser.

Je länger ich die Menschen beobachtete, desto interessanter wurden sie für mich. Ich lernte viel über ihre Sprachen, ihre Kulturen und ihr Verhalten.

Allerdings lernte ich aus der Ferne, wie ein Schüler, der die Theorie eines Unterrichtsgegenstandes durch einen Lehrer vermittelt bekommt, und merkte bald, dass mir das nicht ausreichte. Ich wollte nicht nur wissen, wie sich die Menschen verhielten, sondern auch, warum sie sich so verhielten. Was brachte Menschen dazu, das zu tun, was sie tun?

Ich überlegte, welche Möglichkeiten mir zur Verfügung standen, um dieses Ziel zu erreichen, und begab mich schließlich in direkte Nähe zu den Menschen, um sie zu studieren.

Ich begleitete sie in ihrem täglichen Leben und beobachtete sie in deren Familien, Berufen und intimen Momenten. Manches an dem, was ich sah, konnte ich nicht begreifen oder nachvollziehen, und so erkannte ich bald, dass es mir nicht ausreichte, sie nur zu beobachten. Aber was konnte ich noch tun, um tatsächlich zu verstehen, was die Menschen antreibt?

Ich stellte weitere Überlegungen an und kam zu dem Schluss, dass ich selbst zu einem Menschen werden und selbst spüren musste, wie sich Kälte und Wärme anfühlen. Selbst erfahren musste, wie es ist, zu hungern, Freude zu haben, zu lieben, zu hassen.

Dazu gab es zwei Möglichkeiten.

Die erste bestand darin, mir selbst einen Körper zu erschaffen, um darin als Mensch zu leben. Um dies tun zu können, musste ich allerdings vorher einen solchen analysieren und lernen, wie er technisch funktioniert.

Die zweite Möglichkeit war, einen bereits im Leben stehenden Körper zu übernehmen und ihn zu meinem eigenen zu machen.

Ich wog die beiden Möglichkeiten gegeneinander ab. Jede davon bot viele Vorteile, aber auch Nachteile.

Einen neuen Körper zu erschaffen, bedeutete, dass dieser, ohne Eltern, ohne Geschwister und ohne Freunde keine sozialen Interaktionsmöglichkeiten hatte. Mir bliebe in so einem Körper also ein großer Teil des menschlichen Lebens verborgen, sodass ich nicht erfahren würde, wie wichtig diese Lebensbereiche für Menschen tatsächlich sind.

Einen im Leben stehenden Körper zu übernehmen, funktionierte wiederum nur, solange dieser nicht bereits von einem Geist – oder von einer Seele, wie es die Menschen nennen – bewohnt war. Solch ein Körper hätte aber Möglichkeiten zu bieten, um das soziale Leben als Mensch zu erfahren.

Ohne Geist kann ein Körper nicht leben. Dem Geist gehört der Körper so lange, bis er ihn freiwillig aufgibt oder aber durch den Tod dazu gezwungen wird, ihn aufzugeben.

Als Geistwesen war es mir also nicht ohne Weiteres möglich, einen Körper mit

darin wohnendem Geist zu übernehmen –
ich musste erst den Geist verjagen. Dies
wollte ich aber nicht! Mir war es wichtig,
einen Körper zu übernehmen, in dem kein
Geist mehr wohnte. Solche Körper sind
aber üblicherweise bereits tot oder kurz
davor, zu sterben.

Weil ich es als einzige Möglichkeit ansah,
die Menschen wirklich verstehen zu
können, entschied ich mich dafür, einen im
Leben stehenden Körper zu übernehmen.
Aber wo konnte ich auf der Erde einen
menschlichen Körper finden, der nicht tot
war und gleichzeitig nicht mehr von einem
Geist bewohnt wurde? Noch dazu sollte es
ein Körper sein, der gut genug funktionierte, um mit ihm Erfahrungen sammeln
zu können.

Mir fiel nur ein Ort ein, an dem es eine
Möglichkeit gab, einen solchen Körper zu
finden: in einem Krankenhaus.

Es durfte aber nicht irgendein beliebiges
Krankenhaus sein. Es musste eines sein,
das über die nötigen Mittel verfügte,
Körper, die von keinem Geist mehr
bewohnt wurden, noch am Leben zu
erhalten, das aber nicht die Fähigkeit

hatte, den Geist, der ursprünglich in dem Körper gelebt hatte, zurückzuholen.

Ich entschied, dass nur die Krankenhäuser der reichen Länder des 21. Jahrhunderts dafür in Frage kamen. Diese waren medizinisch weit genug entwickelt, um geistlose Körper mit Maschinen am Leben zu erhalten; sie konnten die Geister aber noch nicht in den wiederhergestellten Körper zurückholen, wozu die Krankenhäuser in zukünftigen Jahrhunderten in der Lage sein würden.

Auf der Erde des 21. Jahrhunderts aber gab es Tausende solcher Krankenhäuser und weil ich keine weiteren Ansatzpunkte hatte, beschloss ich, den Zufall zu Hilfe zu nehmen …

Als Geistwesen brauche ich mich nur gedanklich an einen Ort zu begeben, um dorthin zu reisen.

Ich stellte mir also vor, mich in einem Krankenhaus in einem reichen Land des 21. Jahrhunderts zu befinden. Weil ich offenließ, welches Krankenhaus es genau sein sollte, griff hier der Zufall ein.

In meiner Vorstellung befand ich mich auf der Komastation eines dieser Krankenhäuser. Bei komatösen Patienten ist der Geist oftmals nicht mehr im Besitz des Körpers, also hatte ich hier gute Chancen, einen Körper für mich zu finden.

Einen Augenblick später begann, wie üblich beim Reisen zu einem mir unbekannten Ziel, etwas an mir zu ziehen. Immer stärker und stärker, als ob ich an einem Seil hinge, an dem jemand mit großer Kraft zog. Ich setzte mich aufgrund der Zugkraft in Bewegung und wurde mit immer größer werdender Geschwindigkeit in Richtung meines Ziels befördert.

Es ging über Wälder und Flüsse, über Städte und Brachland, über Wohnhäuser und Wolkenkratzer, bis ich mein Ziel erreichte. Die Reisegeschwindigkeit nahm in Zielnähe ab, wurde langsamer und langsamer, bis ich schließlich im ersten Stock eines Krankenhauses durch die Wände glitt und in einem Krankenzimmer zum Stillstand kam.

Was bisher geschah:

Einen menschlichen Körper

finden

In diesem Zimmer war nur ein einziger Patient untergebracht, was mich verblüffte. Durch meine Beobachtungen wusste ich, dass Menschen in dieser Epoche normalerweise in Mehrbettkrankenzimmern lagen. Nur wenige hatten die Mittel, sich ein Privatzimmer in einem Krankenhaus zu leisten.

Der Patient lag im Krankenbett und war, mit Ausnahme seiner Arme und seines Kopfes, von einer Bettdecke zugedeckt. Seine Arme, eingewickelt in zum Teil blutigen Verbänden, lagen locker auf der Decke. Sein Kopf war, bis auf Nase und Mund, fast vollständig in ebenfalls blutige Verbände eingebunden. Aus der Nase führten zwei dünne Schläuche, jeder aus einem Nasenloch, zu einem medizinischen Gerät. Seine Brust hob und senkte sich. An beiden Armen waren ebenfalls Schläuche angebracht, und Drähte führten unter der Decke hervor zu anderen medizinischen Geräten. Eines davon gab in regelmäßigen Abständen einen Piepton von sich.

Es stellten sich jetzt zwei Fragen: Wie groß waren seine Verletzungen? Und wurde der Körper des Patienten noch von einem Geist bewohnt?

Waren die Verletzungen zu groß, bräuchte ich zu viel Zeit für deren Heilung. Grundsätzlich war das zwar kein großes Problem, aber je weiter die Heilung des Körpers fortschreiten würde, desto größer war das Risiko, dass ein anderes Geistwesen meinen Heilungserfolg ausnutzte und den Körper vor mir beanspruchte. Das wollte ich verhindern. Die Heilung sollte also möglichst zügig abgeschlossen werden.

Die wichtigere der beiden Frage, ob der Körper noch von einem Geistwesen bewohnt wurde, ließ sich durch mein folgendes Vorgehen beantworten:

Ich legte mich wie eine Decke über den Körper und versuchte, ihn zu fühlen, wie ein Blinder, der die Oberfläche eines Gegenstandes zu ertasten versucht.

Dies war der erste Schritt, um einen Körper zu übernehmen. Wenn er noch von einem Geistwesen bewohnt wurde, würde ich das bei diesem Vorgang wahrnehmen können.

Der zweite Schritt bestand darin, das Fühlen so weit zu steigern, dass eine Verschmelzung des Körpers mit mir selbst stattfand. Dies passiert normalerweise allerdings nur dann, wenn der Körper keine zu schweren Verletzungen hat.

Ich versuchte also, den Körper zu fühlen und so die Frage zu klären, ob noch ein Geistwesen mit dem Körper verbunden war ...

Als mir klar wurde, dass in diesem Körper kein Geistwesen mehr war, analysierte ich nun die Verletzungen.

Weil ich keine Ahnung hatte, wie der menschliche Körper aufgebaut ist – das war ja meine erste Reise in einen solchen Körper –, war meine Herangehensweise die, dass ich jede einzelne Zelle mit allen anderen Zellen verglich. Den Zustand, den die meisten Zellen hatten, nahm ich als gewünscht und vermutete, dass alle Zellen, die davon abwichen, zumindest defekt oder gar zerstört waren. Auf diese Weise kam ich zu folgender Diagnose:

Der Körper hatte zahlreiche Knochenbrüche, vor allem die Rippen waren betroffen. Die inneren Organe des Oberkörpers waren teils stark, teils etwas gequetscht. Die Haut wies Abschürfungen und Blutergüsse auf, außerdem erkannte ich eine Quetschung des Gehirns.

Waren das zu viele Verletzungen? Das würde sich bei der Heilung herausstellen, mit der ich nun begann.

Wieder nahm ich den Zustand der Zellen, die ich als unbeschädigt identifiziert hatte, als Basis und veränderte die restlichen in der Art, sodass sie so funktionierten wie die Basiszellen. Ich machte das, indem ich die Teile der Zellen, die ich als defekt identifiziert hatte, mit neuem Zellmaterial reparierte. Vorhandenes, aber beschädigtes Material konnte ich nicht wiederverwenden oder in seine Atome aufspalten, um es loszuwerden, weshalb ich um diese Teile herum baute, damit sie in weiterer Folge, vom hoffentlich noch funktionierenden, körpereigenen Reparatursystem abgebaut werden konnten. Das verlangsamte den Heilungsprozess jedoch sehr.

Auf diese Weise stellte ich nach und nach den – wie ich annahm – gesunden Zustand des Körpers wieder her. Allerdings konnte ich nur die Zellen selbst reparieren. Sollten sie vor ihrer Beschädigung irgendeine Art von Information beinhaltet haben, wäre diese nun verloren. Das traf vor allem auf die Zellen im Gehirn zu. Diese hätten Gedanken, Gefühle, Erlebnisse und Informationen darüber gespeichert haben können, wie der Körper funktioniert und wie er zu bewegen ist.

Ich heilte die für mich offensichtlichen Verletzungen, wie Knochenbrüche und Hautabschürfungen, zuerst, danach diejenigen, die weniger klar als Verletzungen erkennbar waren. Bei einigen Zellen brauchte ich mehrere Versuche, bis sie wieder arbeiteten. Es gab aber auch Zellen, bei denen meine Heilung keinen Erfolg hatte. Dadurch zog sich die Heilung nochmals in die Länge.

Pfleger kamen immer mal wieder ins Zimmer und versorgten den Körper. Ärzte rollten ihn samt Bett hinaus und brachten ihn später zurück ins Zimmer, oder sie kontrollierten die Funktionen des Körpers gleich im Zimmer. Je weiter die Heilung fortschritt, desto mehr flüsterten sie im Beisein des Körpers miteinander und sahen verwundert auf die Testergebnisse. Beim täglichen Verbandswechsel merkten sie, dass die Schürfwunden und Blutergüsse entweder bereits verheilt waren, oder die Heilung davon weit fortgeschritten war. Die Verbände wurden irgendwann entfernt und die verbleibenden Verletzungen durch große Pflaster abgedeckt. Immer wieder kamen auch Besucher ins Zimmer. Mal waren es Männer in Zweier- oder Dreiergruppen, mal kamen sie einzeln. Auch Frauen kamen vorbei, in Gruppen oder einzeln. Die Besucher schnappten sich einen Sessel und setzten sich zum Körper ans Bett. Einige lasen laut aus einem Buch vor, andere redeten mit dem Körper oder hörten gemeinsam mit ihm Musik.

Irgendwann entschied ich, dass der Körper ausreichend geheilt war, um ihn zu übernehmen. Die Heilung würde ohnehin mit körpereigenen Mitteln weitergehen. Also begann ich mit der Übernahme.

Ich versuchte, den Körper noch mehr zu spüren, als es bereits der Fall war, nacheinander die Hände, die Arme, die Füße, die Beine, den Hals, den Oberkörper, den Kopf und das Gesicht, als wären es meine eigenen Körperteile.

Bilder, Wissen, Gefühle und Geräusche tauchten plötzlich wie aus dem Nichts auf.

Diese kamen aus dem Gehirn. Es gab also definitiv noch Gehirnzellen, die Informationen gespeichert hatten, die ich abrufen konnte. Sie kamen ohne Reihenfolge und waren vollkommen durcheinandergewürfelt, ohne einen Zusammenhang zu bilden. Leider war dieser Gedankensturm zu schnell wieder vorüber, als dass ich irgendetwas davon hätte verstehen können.

Langsam begann ich, die einzelnen Körperteile als meine eigenen wahrzunehmen. Ich dockte mehr und mehr an den Körper an, bis die Übernahme abgeschlossen und der Körper in meinen Besitz übergegangen war.

Kapitel 1:

Ein neues Leben

Ich öffne die Augen. Es ist hell. Sehr hell! Meine Augen tun weh. Der Schmerz zwingt mich, sie wieder zu schließen. Ich versuche nochmals, sie zu öffnen. Wieder ist es sehr hell und wieder zwingt mich der Schmerz, sie zu schließen. Doch diesmal gelingt es mir, sie etwas länger offen zu halten. Die Schmerzen lassen bei diesem zweiten Mal schon etwas nach. Ich versuche es also noch einmal und noch weitere Male. Irgendwann gelingt es mir, die Augen offen zu halten. Ein leichter Schmerz aber verbleibt.

Ich sehe mich um. Das Bild ist unscharf. Wo bin ich? In einem Zimmer. Ich kneife die Augen fest zusammen und öffne sie wieder. Immer noch ist alles verschwommen. Ich fühle mich seltsam. Als hätte ich jahrelang geschlafen. Ich versuche, meine Arme zu bewegen. Auch das tut weh. Meine Arme fühlen sich schwer an. Also lasse ich es. Was ist hier los? Ich habe das Gefühl, dass etwas ganz und gar nicht stimmt. Irgendetwas ist völlig anders, als es sein sollte!

Ich bin müde, sehr müde. Ich schließe meine Augen. Nur für ein paar Minuten ...

„Herr Steiner? Hören Sie mich?"

Was ist das? Wer ruft da? Wer ist Herr Steiner?

„Öffnen Sie bitte die Augen, wenn Sie mich hören, Herr Steiner."

Jemand berührt mich, ich öffne die Augen. Sie schmerzen immer noch ein wenig, aber nicht mehr so sehr wie zuvor. Ich kneife die Augenlider etwas zusammen, das reduziert den Schmerz.

„Schön, dass Sie wieder bei uns sind", sagt ein groß gewachsener, schlanker Mann in weißem Kittel und sieht mich dabei an.

Den Mann sehe ich scharf, mein Bett auch. Der Rest des Zimmers bleibt verschwommen.

Er redet mit lauter Stimme zu mir und hat dabei ein breites Grinsen im Gesicht.

„Herr Steiner, verstehen Sie mich?"

Ich gehe davon aus, dass ich Herr Steiner bin, also nicke ich.

„Sehen Sie bitte auf meinen Finger."

Er hält seine Hand vor meine Augen, seine Finger sind leicht zu einer Faust geformt und der Zeigefinger ist ausgestreckt. Ich sehe auf diesen Finger. Er leuchtet mir mit etwas in beide Augen, zuerst in das linke, dann in das rechte. Als das grelle Licht in meine Augen fällt, wird der Schmerz wieder stärker. Wieder schließe ich sie.

„Herr Steiner, ich bin Doktor Koller", stellt er sich schließlich vor. „Sie befinden sich in einem Krankenhaus. Wissen Sie, was das bedeutet?"

Ein Krankenhaus? Irgendetwas ist offenbar mit mir passiert.

„Warum bin ich hier?", frage ich.

Meine Worte kommen lallend aus meinem Mund, einige Laute bleiben darin stecken. Ich höre selbst nicht vollständig, was ich sage. Doktor Koller scheint mich aber zu verstehen.

„Sie wurden verletzt."

Ein klägliches, kaum verständliches „Aha" kommt aus meinem Mund.

„Schlafen Sie noch etwas. Ich komme später noch einmal zu Ihnen. Dann klären wir alles Weitere", sagt der Arzt und verlässt das Zimmer.

Ich bin immer noch sehr müde, außerdem tun nach wie vor meine Augen weh. Deshalb schließe ich sie und gönne ihnen etwas Ruhe.

Als ich wieder zu mir komme, öffnen sich meine Augen von selbst. Die Schmerzen sind verschwunden. Ich fühle mich zwar immer noch müde, aber wesentlich kraftvoller als zuvor. Leider sehe ich das Zimmer immer noch verschwommen.

Direkt vor meinem Gesicht baumelt etwas, das ich scharf sehe. Es ist rund, flach und in seiner Mitte befindet sich eine farbliche Erhebung. Auf der Erhebung sind Symbole abgebildet, die mir bekannt vorkommen.

Was sind das für Symbole? Haben sie eine Bedeutung? Ich schaue sie mir genauer an, Symbol für Symbol.

Nach und nach ist es, als käme verschüttetes Wissen wieder zum Vorschein, denn die Symbole ergeben langsam einen Sinn. Ich erkenne ein P, ein F, ein L, ein E, ein G, ein E und ein R. In meinem Kopf formt sich das Wort Pfleger, und ich weiß sogar, was ein Pfleger ist.

Warum baumelt dieses Ding hier? Kann ich damit etwas tun?

Ich versuche, mich erst einmal zu sammeln und analysiere die Situation.

Was ist passiert? Warum bin ich hier? Und … was ist das für ein Zimmer? Ich erinnere mich, dass vor nicht allzu langer Zeit ein Mann im Zimmer war, der mir erklärt hat, dass ich verletzt worden sei. Irgendein Doktor, wenn ich mich recht erinnere.

Ich wurde also verletzt. Der Doktor sagte, ich sei in einem Krankenhaus.

So weit sind also zwei Fragen beantwortet. Vielleicht weiß der Pfleger etwas darüber, was mit mir passiert ist. Ich könnte ja mal versuchen, ihn zu rufen … Aber wie?

Das baumelnde Ding hängt immer noch vor meinem Gesicht – vielleicht kann ich ihn damit rufen? Ich nehme es in die Hand, wobei ich bemerke, dass meine Arm- und Handbewegungen schwerfällig und unpräzise sind.

Ich befühle mit dem Daumen die Erhebung, auf der Pfleger steht, und untersuche das gesamte Ding genauer. Dabei drücke ich unabsichtlich ein wenig auf die Erhebung. Nach ein paar Sekunden, ich untersuche es immer noch, klopft es an der Türe und jemand kommt herein.

Ich kann außer einem unscharfen Umriss nichts erkennen. Der Umriss kommt näher, wird dabei langsam schärfer und verwandelt sich zunehmend in einen Mann, der, als er bei mir am Bett steht, deutlich zu sehen ist. Er ist recht muskulös, groß gewachsen, aber etwas kleiner als der Arzt.

Als er bei mir am Bett steht, lasse ich das baumelnde Ding los.

„Hallo, Herr Steiner", begrüßt er mich. „Was kann ich für Sie tun?"

„Hallo", antworte ich. „Ich habe mich gefragt, ob Sie etwas darüber wissen, was genau mit mir passiert ist. Ich weiß, dass ich verletzt wurde. Aber wie ist es genau dazu gekommen?"

„Das weiß ich leider nicht", antwortet er.

Mit einer Handbewegung sieht er auf einen Gegenstand am unteren Ende seines Armes und sagt:

„Aber der Arzt müsste bald kommen, um nach Ihnen zu sehen. Den können Sie dann fragen. Er sollte in etwa 15 bis 30 Minuten bei Ihnen sein."

„Okay. Alles klar, danke", sage ich, etwas enttäuscht.

Der Pfleger nickt knapp und verlässt das Zimmer.

Also 15 bis 30 Minuten warten …

Dann werde ich mich, bis der Arzt kommt, noch etwas ausruhen, denke ich, schließe die Augen und entspanne.

Die Türe geht auf und jemand kommt herein. Wie beim Pfleger vorhin kann ich nur einen verschwommenen Umriss erkennen, der beim Näherkommen wieder an Schärfe gewinnt.

Als er an meinem Bett angekommen ist, stellt er sich, jetzt scharf zu sehen, als Doktor Koller vor.

„Wie geht es Ihnen denn?", fragt er mich.

„An sich ganz gut, aber ich bin ziemlich verwirrt. Ich wüsste gerne, was passiert ist. Wie habe ich mich genau verletzt?"

„Nun, laut Polizeiangaben wurden Sie zusammengeschlagen. Genaueres wissen wir derzeit noch nicht. Aber die Polizei will Ihnen, zu gegebener Zeit, ohnehin noch einige Fragen stellen. Vielleicht erfahren Sie dann etwas Genaueres", antwortet er. „Aber, Herr Steiner, ich müsste Ihnen auch noch ein paar Fragen stellen, um zu prüfen, ob bei Ihnen alles in Ordnung ist. Passt es Ihnen jetzt gerade, oder soll ich später noch einmal wiederkommen?"

Es ist mir im Grunde völlig egal, was er mich fragen will, ich möchte nur wissen, was mit mir passiert ist. Deshalb antworte ich frustriert:

„Ist mir egal."

„Dann stelle ich Ihnen jetzt mal die wichtigsten Fragen, die anderen folgen später", entscheidet er. „Sollten Sie Probleme dabei haben, eine oder mehrere der Fragen zu beantworten, ist das kein Grund zur Sorge. Manchmal braucht es etwas Zeit, bis alle Erinnerungen wieder da sind."

Ich nicke leicht, als Zeichen, verstanden zu haben, woraufhin der Arzt beginnt, seine Fragen zu stellen.

Der Arzt fängt an, seine Fragen zu stellen.

„Wie lautet Ihr Vorname?"

Immer noch frustriert, öffne ich meinen Mund und hole Luft, um ihm auf seine lächerlich einfach scheinende Frage zu antworten.

Doch in der Bewegung fällt mir auf, dass ich die Antwort nicht weiß! Ich habe keine Ahnung, wie mein Vorname lautet. Auch nach einigen Sekunden Überlegung bleibe ich ihm meine Antwort schuldig.

„Weiß ich nicht …", lautet deshalb meine Antwort.

Was ist nur mit mir los? Wieso weiß ich das nicht? Während ich völlig überrascht bin und langsam etwas Panik in mir aufsteigt, geht der Arzt zur nächsten Frage über.

„Wann sind Sie geboren?"

Noch eine Frage, die scheint, als könne sie nicht einfacher sein. Wieder öffne ich meinen Mund, diesmal etwas zurückhaltender und nachdenklicher. Weiß ich jetzt die Antwort?

Nein! Ich weiß sie wieder nicht! Die ganze Situation löst in mir Verzweiflung aus. Meine Augen füllen sich mit Tränen. Völlig mutlos, mit leicht weinerlicher Stimme, frage ich:

„Was ist denn nur mit mir los?"

Der Arzt schließt offenbar aus meiner Reaktion, dass ich die Antwort nicht weiß und in Panik verfalle.

„Herr Steiner, beruhigen Sie sich. Dass Sie manche Dinge nicht mehr wissen, ist nicht so schlimm. Sie haben acht Wochen lang im Koma gelegen. Das und die Miss-handlung waren für Ihren Körper eine große Belastung. Davon muss er sich erst einmal wieder erholen. Machen Sie sich keine Sorgen. Ihre Verletzungen sind in den letzten Wochen ziemlich schnell ver-heilt. Wenn sich Ihr Körper weiter so gut erholt, werden auch die Erinnerungen bald wieder da sein."

Er macht eine kurze Pause.

„Ruhen Sie sich aus. Das kann auch dafür sorgen, dass Ihnen einige Dinge wieder einfallen."

Er verabschiedet sich mit den Worten „Wir lassen es mit den Fragen bis hierhin erst einmal gut sein. In den nächsten Tagen werden wir noch genug Zeit dafür haben", und verlässt das Zimmer.

Als er fort ist, denke ich nach. Was weiß ich denn überhaupt über mich? Was weiß ich über mein Leben?

Ich merke, dass ich überhaupt nichts weiß. Weder, wo ich wohne, noch, wie alt ich bin. Habe ich eine Familie? Wer sind meine Eltern? Es fühlt sich an, als sei ich gerade erst geboren worden. Alles ist so fremd! Mein Körper! Die Welt! Einfach alles!

Aber der Arzt sagte ja, dass es wieder werden würde. Und wenn er das sagt, wird das hoffentlich auch stimmen.

Ich versuche, mich zu entspannen und ruhig zu werden, was mir jedoch eher schlecht als recht gelingt. Irgendwann bin ich dann doch so ruhig, dass ich mich einigermaßen entspannt fühle.

Nach einer Weile wechseln sich Phasen der tiefen Entspannung, in denen ich in mich selbst versinke, und Phasen, in denen ich völlig wach, aber entspannt bin, ab. Ich habe das Gefühl, dass mir die Phasen der Versunkenheit sehr gut tun und Energie spenden.

Ich bin gerade in einer Phase guter Entspannung, lasse Gedanken kommen und wieder gehen, als es an der Türe klopft. Einen Moment später wird sie geöffnet, und jemand betritt den Raum.

Ich sehe diesen Jemand, wie schon zuvor, nicht deutlich, aber ich erkenne sofort, dass das weder der Arzt noch der Pfleger sein kann. Der undeutliche Umriss passt zu keinem der beiden.

Beim Näherkommen entpuppt er sich als eine attraktive junge Frau. Sie hat langes, lockiges, rötliches Haar, das ihr auf die Schultern fällt, und ein unglaublich hübsches Gesicht. Ihre gesamte Gestalt kommt mir bekannt vor, so als hätte ich sie schon einmal gesehen.

Als sie an meinem Bett angekommen ist, gibt sie mir einen Kuss auf die Wange.

„Hallo, mein Schatz! Ich freue mich so, dass es dir wieder besser geht!", sagt sie mit freudiger und gleichzeitig sorgenvoller Stimme. „Weißt du noch, wer ich bin?"

Diese Frau duzt mich, wundere ich mich.

Bisher wurde ich immer mit Herr Steiner oder Sie angesprochen. Kennt sie mich genauer?

„Du kommst mir bekannt vor. Als hätte ich dich schon einmal gesehen", sage ich.

Ich beschließe, sie auch zu duzen. Gleiches Recht für alle.

„Oh, Mann, die haben dir ja ganz schön zugesetzt", sagt sie.

Sie lächelt mich an, mitfühlend aber doch gezwungen. Immer wieder ganz kurz scheint ihr das Lächeln zu entgleiten und zu etwas anderem zu werden. Möchte sie weinen?

Sie nimmt meine Hand in ihre.

„Aber mach dir keine Sorgen. Ich bin davon überzeugt, dass alles wieder gut wird. Wir werden jede nur mögliche Therapie in Anspruch nehmen, die dir irgendwie helfen kann. Das wird schon."

Wieder entgleitet ihr das Lächeln, und ihr Gesicht verzerrt sich kurz zu einem Weinen. Wenige Augenblicke später findet sie ihr Lächeln wieder und sagt:

„Dann stelle ich mich dir mal vor. Ich bin deine Freundin Barbara! Wie geht's dir denn?"

Ihre Frage löst in mir wieder das Gefühl der Verzweiflung aus, sodass sich meine Augen mit Tränen füllen. Ich will dieses Gefühl nicht spüren, schlucke es hinunter und antworte:

„Naja, geht so ... Es fühlt sich alles so fremd an. Ich kann mich an nichts erinnern. Habe alles vergessen! Und irgendwas stimmt mit meinen Augen nicht, ich sehe alles so unscharf."

Barbaras Augen werden nun ebenfalls feucht.

„Ich weiß, mein Schatz! Das Krankenhaus hat mich, als du aufgewacht bist, angerufen und mir alles erklärt. Mir wurde gesagt, dass alles wieder werden kann und du einfach Zeit brauchst, um zu genesen. Mach dir also keine Sorgen. Frag mich am besten einfach, was du wissen willst. Dann können wir gemeinsam daran arbeiten, dass du wieder ganz der Alte wirst."

Immer noch mit Tränen in den Augen stelle ich ihr nun eine Reihe von Fragen, die mir im Moment am wichtigsten erscheinen, und Barbara beantwortet jede einzelne mit einem Lächeln im Gesicht. Zwischendurch unterbreche ich sie immer wieder bei ihren Erklärungen, weil ich einige Wörter nicht verstehe. Geduldig erklärt sie mir alles, was ich wissen will, bis ich alles verstehe.

Mit ihren Erklärungen vergesse ich meine Verzweiflung für eine Weile, und auch Barbara scheint es nach und nach besser zu gehen.

Zwischendurch öffnet sie an einem Kästchen, das rechts neben meinem Bett steht, eine der unteren Laden und holt einen Gegenstand heraus.

„Hier, deine Brille. Damit siehst du wieder alles scharf", sagt sie und gibt sie mir.

Ich schaue mir die Brille überrascht an und weiß nicht so recht, was ich damit anfangen soll.

„Eine Brille? ... Was mache ich damit?"

Sie nimmt sie mir aus der Hand und setzt sie auf meine Nase.

„Besser?"

Ich bin von dem scharfen Bild überrascht, das sich mir offenbart, und gebe ein: „Ahaaa!", von mir.

Von Barbara habe ich nun erfahren, dass ich Wilhelm Steiner heiße. Ich bin 35 Jahre alt und wohne gemeinsam mit meiner Freundin, also ihr, Barbara Schacher, sie ist 34 Jahre alt, in einem gemütlichen Haus am Stadtrand.

Ich bin seit fünf Jahren, recht erfolgreich, in einer großen Kanzlei als Rechtsanwalt tätig. Barbara ist Chemikerin und arbeitet bei einer kleinen Firma im Nachbarort.

Zum ersten Mal getroffen haben wir uns, nach ihrer Erzählung, an einem Skilift beim Warten auf eine freie Gondel. Wir haben diese Gondel gemeinsam mit unseren Freunden bestiegen und uns bereits während der Fahrt sehr gut unterhalten. Als wir dann in derselben Skihütte zu Mittag aßen, und uns wieder sehr gut unterhielten, tauschten wir bei der Verabschiedung unsere Telefonnummern aus.

Später verabredeten wir uns dann zu einem Kinobesuch. Leider lief gerade kein Film, der uns interessierte. Also gingen wir an diesem Abend nicht ins Kino, sondern einfach spazieren. Wir gingen sehr lange einfach nur durch die Gegend und redeten miteinander und lachten.

Diese Spaziergänge wiederholten wir einige Male, bis wir beschossen, uns zur Abwechslung mal zu Hause bei ihr, völlig zwanglos, vor den Fernseher zu setzen. An diesem Abend wurden wir ein Paar!

Vor acht Wochen bin ich dann von irgendwelchen Verrückten zusammengeschlagen worden. Seitdem liege ich hier im Krankenhaus.

Immerhin! Nun liegt meine Vergangenheit nicht mehr völlig im Dunkeln.

Nachdem sie mir alles erzählt hat, bleibt sie noch eine Weile bei mir.

„Einfach, damit du nicht so einsam bist", erklärt sie.

Ich fühle mich durch ihre Anwesenheit tatsächlich besser und weniger verloren.

Kurz bevor sie geht, fragt sie mich, ob ich noch etwas brauche, bevor sie mir einen Kuss auf die Wange gibt und verspricht, bald wiederzukommen.

Ich bin mittlerweile sehr müde geworden.

Barbaras Erzählungen beschäftigen mich. Ich würde mich gerne an diese Zeit erinnern können. Sie hat unser Kennenlernen mit so viel Leuchten in ihren Augen erzählt, und ich will das Leuchten auch in mir spüren!

Während ich so über sie und mich nachdenke und wie schön es wäre, mich wieder erinnern zu können, werde ich immer müder. Ich lege, wie selbstverständlich, meine Brille auf das Kästchen, aus dem Barbara sie vorhin herausgeholt hat, schließe meine Augen und entspanne mich.

Als ich die Augen wieder öffne, fühle ich mich sehr gut ausgeruht. Ein paar Sekunden lang bin ich von Frieden erfüllt. Dann spüre ich wieder die Angst des vergangenen Tages.

Plötzlich erinnere ich mich daran, zwischen dem Schließen meiner Augen gestern und deren Öffnung heute etwas erlebt zu haben. Ich war in irgendetwas gefangen. Das, worin ich gefangen war, hielt mich klein und unbedeutend. Ich war unfähig, irgendetwas zu tun. Es war wie in einem

Gefängnis, aus dem ich nicht entkommen konnte. Ein Gefängnis aus Gedanken.

Das war seltsam. Weil ich mich an keinen ähnlichen Vorfall aus meiner Vergangenheit erinnern kann, schlussfolgere ich, dass es offenbar neben dieser Welt, meiner Freundin, dem Zimmer, dem Krankenhaus, in dem ich im Bett liege und versuche wieder gesund zu werden, offenbar noch eine andere Welt gibt. Das finde ich hochinteressant! Ich sollte Barbara mal darauf ansprechen. Vielleicht kann sie mir das erklären.

Ich möchte aufstehen und etwas umhergehen. Also greife ich die Bettdecke, um sie zur Seite zu legen, als etwas in meiner Armbeuge zwickt. Als ich nachsehe, merke ich, dass ein Schlauch in meinem Arm steckt. Ich kontrolliere den anderen Arm und bemerke auch hier einen Schlauch.

Verdammt! Wenn ich aufstehen will, muss mir erst jemand diese Schläuche abnehmen. Kann der Pfleger das vielleicht machen? Ich rufe ihn mit einem Drücken des roten Knopfes an der Fernbedienung.

Nach ein paar Minuten steckt jemand seinen Kopf zur Türe herein. Ich setze meine Brille auf, sehe, dass es der Pfleger ist, und trage ihm mein Anliegen vor.

„Leider kann ich das nicht. Das darf nur ein Arzt", antwortet er auf meine Bitte.

„Ich werde Doktor Koller Bescheid geben. Er wird sich dann um Sie kümmern", verspricht er mir.

„Haben Sie eine Ahnung, wann der Arzt in etwa Zeit haben wird?", frage ich ihn.

„Ich weiß es nicht, aber es wird wohl erst gegen Mittag oder kurz vorher sein. Er hat heute sehr viel zu tun."

Ohne eine Antwort von mir abzuwarten, verschwindet sein Kopf und die Türe wird geschlossen.

Also, wieder auf den Arzt warten …

Ich versuche, mich noch so lange zu entspannen, aber je länger ich auf den Arzt warte, desto unruhiger werde ich. Es fühlt sich so an, als würde das Nichtstun mich langsam auffressen.

Vielleicht weiß der Pfleger, was man in so einer Situation machen kann, denke ich mir, also rufe ich ihn nochmals. Bald steckt er wieder nur seinen Kopf zur Türe herein und fragt:

„Ja, brauchen Sie noch etwas?"

„Hören Sie, es dauert noch so lange, bis der Arzt zu mir kommt. Was kann ich denn in der Zwischenzeit tun?"

Er überlegt kurz.

„Einen Moment, ich bringe Ihnen etwas zu lesen." Damit verschwindet er wieder. Ein paar Minuten später kommt er mit einem Stapel zurück. Ich sehe nicht genau, was er in den Händen hält, aber ich gehe davon aus, dass es sich um die angekündigten Zeitschriften handelt. Er legt sie mit den Worten

„Hier bitte, vielleicht ist etwas Brauchbares für Sie dabei" auf das kleine Kästchen neben meinem Bett.

Ich bedanke mich bei ihm. Als er wieder aus dem Zimmer gegangen ist, hole ich mir einen kleinen Stapel davon zu mir ins Bett. Wieder fühlen sich meine Arme und Hände schwerfällig und ihre Bewegungen unpräzise an. Aber es reicht, um ein wenig in den Zeitschriften zu blättern.

Einige Seiten sind voller Bilder, auf anderen ist nur oder fast nur Text. Und genau dieser Text interessiert mich. Ich will seinen Sinn erkennen. Vielleicht bringt das verschüttetes Wissen und Erinnerungen zurück.

Ich kann ihn im Moment zwar nicht entziffern, aber die Schriftzeichen kommen mir, wie schon bei der Aufschrift Pfleger auf dem baumelnden Ding über meinem Bett, bekannt vor. Also schaue ich sie mir genauer an. Wieder Symbol für Symbol. Und tatsächlich! Nach und nach kommt verschüttetes Wissen wieder zum Vorschein. Auf diese Art erkenne ich viele Wörter und Zahlen in den Zeitschriften und erinnere mich auch an deren Bedeutung.

Das dauert eine Zeit lang ...

Irgendwann klopft es an der Türe, und der Arzt kommt herein. Er stellt sich vor mein Bett und begrüßt mich:

„Grüß Gott, Herr Steiner. Sie möchten gerne aufstehen und etwas herumgehen, habe ich gehört. Das freut mich! Das ist ein sehr gutes Zeichen. Ich habe auch gehört, dass sie bereits etwas zu lesen bekommen haben."

Er sieht erfreut zu dem Stapel Zeitschriften im Bett und auf dem Kästchen daneben.

„Haben Sie denn schon geschafft, etwas darin zu lesen?", fragt er mich.

„Ja, habe ich. Es dauert bei neuen Buchstaben und Wörtern anfangs ein wenig, aber irgendwann kann ich sie wieder verstehen", berichte ich stolz.

„Das ist sehr gut! Dann schaue ich mir mal Ihre Vitalwerte an. Vielleicht kann ich sie ja von den Geräten abkoppeln."

Er schaut zu einem Monitor neben meinem Bett und nickt leicht. Dann stellt er sich zu einem anderen Gerät neben dem Monitor und drückt eine Taste, worauf es kurz leise summt und einen Zettel ausgibt. Diesen nimmt der Arzt und sieht ihn sich einige Sekunden lang an.

Er nickt zufrieden und sagt:

„Ihre Werte sind wieder völlig normal, Herr Steiner. Dann befreie ich sie jetzt von den Anschlüssen."

Er schaltet die Geräte aus, von denen er gerade die Werte abgelesen hat, und entfernt danach vorsichtig die Schläuche aus meinen Armen.

Dann bittet er mich, die Arme etwas zur Seite zu legen, um mein Nachthemdoberteil nach oben schieben zu können. Er entfernt nun auch Anschlüsse von meinem Oberkörper, die ich bisher gar nicht bemerkt habe.

„Ich schaue mir auch noch schnell die restlichen Wunden an", sagt er schließlich und kontrolliert nacheinander alle Pflaster, die noch irgendwo an meinem Körper kleben.

„Sie haben eine extrem gute Wundheilung", sagt er irgendwann zwischendurch.

Als alle Pflaster entfernt sind, erklärt er:

„So, nun noch etwas Organisatorisches. Herr Steiner. Da es jetzt nicht mehr notwendig ist, sie künstlich zu ernähren, müssen sie ab heute Abend wieder feste Nahrung zu sich nehmen. Für heute Abend wird etwas für sie zusammen gestellt. Für den Rest der Woche bekommen sie morgen früh einen Menüplan. Diesen füllen Sie bitte aus und geben ihn dem Pfleger mit."

Ich weiß zwar nicht, was ein Menüplan ist, aber ich gehe davon aus, dass mir das, spätestens dann, wenn ich ihn sehe, klar werden wird.

„Dann habe ich hier noch einen Terminplan für Sie. Darauf sind alle Therapien für diese und nächste Woche verzeichnet. Diese sollten Ihnen helfen, noch schneller gesund zu werden. Der Pfleger wird Sie zu gegebener Zeit abholen und in den Therapieraum bringen", erklärt er weiter und legt den Terminplan auf den verbliebenen Stapel aus Zeitschriften auf mein Kästchen.

„Eine Sache noch: Bevor sie das erste Mal aufstehen, fragen sie bitte den Therapeuten, ob er damit einverstanden ist. Er kann am besten beurteilen, ob sie schon wieder genügend Kraft dazu haben. Falls sie die Erlaubnis bekommen, geben sie bitte dem Pfleger Bescheid. Er wird sie beim Gehen stützen."

Kurz bevor er das Zimmer verlässt, fragt er:

„Haben sie noch Fragen, die ich Ihnen beantworten kann?"

Ich schüttle den Kopf.

„Nein, danke. Soweit ist alles klar."

Dann verlässt der Arzt das Zimmer.

Weil ich noch nicht aufstehen darf – denn leider muss ich auf den Therapeuten warten –, schaue ich mir den Therapieplan an. Wieder sind viele unbekannte Zeichen und Wörter darauf.

Ich wende wieder dieselbe Taktik an wie bei den Zeitschriften und dem Schriftzug Pfleger und erkenne nach kurzer Zeit den Sinn. Mir fällt außerdem auf, dass die Zeitspanne zwischen genauerem Betrachten und Erkennen der Bedeutung von Zeichen und Wörtern kürzer wird.

Ich habe nach dem Plan pro Tag zwei Therapien, von denen jede etwa eine Stunde dauert.

Heute Nachmittag um 14 Uhr ist die erste geplant, es ist eine Physiotherapie.

Na, da bin ich ja gespannt. Dann kann ich den Therapeuten gleich fragen, ob ich aufstehen darf.

Aber, wie weiß ich, wann es Zeit ist für die Therapie? Der Arzt hat zwar gesagt, dass der Pfleger mich abholen wird, aber ich will mich vorher gedanklich etwas auf die Therapie vorbereiten können.

Ich schaue mich genauer im Zimmer um. Vielleicht finde ich etwas, woran ich die Zeit ablesen kann.

Auf dem kleinen Kästchen neben meinem Bett befindet sich ein undefinierbares Gerät. Auf ihm sind die Ziffern von null bis neun abgebildet. Ich analysiere das Gerät und nehme es dazu in die Hand. Dadurch fällt etwas herunter, das mit dem Gerät verbunden ist, als wäre es ein Teil davon. Es gibt ein sich schnell wiederholendes Geräusch von sich, das mit bekannt vorkommt. Auch so ein Gerät habe ich schon einmal gesehen.

Woher kenne ich diese beiden Dinge?

Ich denke nach und erkenne das Gerät, gepaart mit dem Geräusch, als Telefon. Das, was an dem Gerät hängt, ist der Telefonhörer. Ich lege ihn wieder sorgsam auf seine Vertiefung und stelle beides zurück auf das Kästchen.

In der von meinem Bett aus gesehen rechten Ecke hängt ein Apparat an der Wand. Auch diesen habe ich früher schon einmal gesehen. Ich schaue ihn mir genauer an, erkenne aber nicht alle seine Details, weil er zu weit weg hängt, wodurch mir der Sinn des Apparates verborgen bleibt.

Also schaue ich mich weiter um. Links daneben an der Wand ist eine runde Scheibe angebracht, mit Zahlen von eins bis zwölf darauf und zwei Zeigern. Mit derselben Taktik wie beim Telefon erkenne ich die Scheibe als Uhr.

Der kleine Zeiger zeigt auf 12, der große auf 10, also ist es jetzt 10 Minuten vor 12 Uhr. Demnach habe ich also noch etwas weniger als zwei Stunden bis zur ersten Therapie. Weil ich noch nicht aufstehen

darf, beschließe ich, mich noch etwas auszuruhen.

Kapitel 2:

Geisteskräfte

„Herr Steiner?"

Ich werde unsanft aus der Ruhe gerissen.

Der Pfleger steht neben meinem Bett und hat einen Rollstuhl neben sich stehen.

Zum ersten Mal fällt mir auf, dass die Kleidung der Ärzte, mit denen ich es bisher zu tun hatte, der des Pflegers ähnelt. Beide sind ganz in Weiß gekleidet. Weißes Hemd, weiße Hose, weiße Socken und weiße Schuhe. Einzig ein Schild, angebracht am Hemd in Brusthöhe, zeigt die Aufschrift Pfleger.

„Die Therapie geht bald los, und Sie müssen noch umgezogen werden."

„Umgezogen?", wiederhole ich verwirrt und etwas schläfrig.

„Ja, Sie können schlecht im Schlafanzug zum Training erscheinen", antwortet der Pfleger.

Er öffnet einen der rechts vom Bett aufgestellten Schränke und holt zwei säuberlich zusammengelegte Kleidungsstücke heraus. Er legt beide auf das Fußende des Bettes und hilft mir danach aus dem Pyjama heraus und in die Kleidungsstücke hinein. Erst jetzt merke ich, wie schwach meine Beine sind. Ich kann sie kaum bewegen.

Mit den Worten

„Okay, jetzt bitte in den Rollstuhl" hebt er mich gekonnt vom Bett in den Rollstuhl und bringt mich aus dem Zimmer auf einen langen Gang.

Mir fallen auf dem Boden des Ganges und den Wänden angebrachte Pfeile und Linien auf, die den Weg zu bestimmten Orten im Krankenhaus beschreiben. Auf meine Frage hin, was diese zu bedeuten haben, erklärt er mir, dass es sich dabei um Wegweiser handle. Auf diese Weise versucht die Leitung, zu verhindern, dass sich jemand verirrt.

Es stellt sich heraus, dass die Kranken-zimmer im ersten und die Therapieräume im zweiten Stock untergebracht sind, also fahren wir mit dem Lift eine Etage höher.

Es ist ein relativ großer Raum, an dessen Wänden alle möglichen Geräte für Thera-pien angebracht sind. Am Boden, nahe einer Wand, liegt eine Matte. Daneben steht ein Laufband mit Haltegeländer an den Seiten und einer darüber gespannten

Hängevorrichtung. Im hinteren Bereich des Raumes sind drei Türen angebracht.

Vor der Matte steht ein Mann und wartet. Er ist wie die Ärzte und die Pfleger vollständig in Weiß gekleidet.

Der Pfleger fährt mich zu ihm.

„Grüß Gott, Herr Steiner! Wir werden gemeinsam daran arbeiten, dass Sie bald wieder normal gehen können", begrüßt mich der Mann und gibt mir dabei die Hand. „Ich habe gehört, dass Sie bereits riesige Fortschritte machen. Das freut mich sehr. Sie lagen ja acht Wochen im Koma, das geht nicht spurlos an den Gelenken, Knochen und Muskeln vorüber."

Er beginnt mit der Therapie.

„Also gut. Wir gehen nun gemeinsam ein paar Schritte. Ich würde gerne sehen, wie Sie im Moment mit Ihren Beinen umgehen können."

Jetzt wird sich gleich herausstellen, wie gut ich von alleine aus dem Rollstuhl komme, ist mein erster Gedanke, doch schon ist der Pfleger zur Stelle, der sich unterstützend mir einhakt und meinen Oberkörper hochhebt. Als ich einen guten Stand habe, bittet mich der Therapeut

„Versuchen Sie bitte, die Beine so zu bewegen, dass sie nach vorne gehen. Sie brauchen keine Angst zu haben, dass Sie umfallen, wir stützen Sie."

Nun hakt sich auch der Therapeut bei mir ein und gibt so zusätzliche Stütze.

Ich versuche, das rechte Bein nach vorne zu bewegen und den Fuß auf den Boden zu stellen. Das Bein bewegt sich, allerdings nur zögerlich und unpräzise. Weil ich davon überzeugt bin, es besser zu können, lege ich mehr Kraft in die Bewegung. Dadurch hüpft das Bein weiter nach vorne, als es von mir beabsichtigt war.

„Sehr gut! Das ist schon sehr gut!", ist die Reaktion des Therapeuten.

„Jetzt verlagern Sie das Gewicht von dem einen auf das andere Bein."

Ich verlagere also mein Gewicht, was völlig problemlos funktioniert.

„Jetzt versuchen Sie bitte, das freie Bein nach vorne zu stellen."

Mit diesen Worten klopft er mir mit der Hand auf den Unterschenkel des Beines, auf dem kein Gewicht liegt.

Ich bewege es nach vorn. Auch dieses Bein hüpft mehr nach vorne, als ich will. Und auch hier lobt mich der Therapeut.

Ich stelle fest, dass mir das Klopfen mit der Hand auf den Unterschenkel sehr dabei hilft, zu entscheiden, welches Bein zu bewegen ist.

Auf diese Weise gehen wir einige Male durch den Raum. Ich weiß recht schnell, welches Beim wann bewegt werden muss, auch ohne dass der Therapeut auf den Unterschenkel des jeweiligen Beines klopft. Er macht es aber weiterhin. Was mir fehlt, ist die Kraft in den Beinen. Dadurch machen sie immer wieder diese hüpfende Bewegung.

Bis zum Ende der Stunde üben wir Hinsetzen, Aufstehen, einige Längen gehen, wieder Hinsetzen und das Ganze von vorne. Zwischendurch gibt mir der Pfleger immer wieder mal eine Wasserflasche, damit ich etwas trinken kann.

Das alles ist sehr anstrengend und kräftezehrend. Ich bin deshalb froh, als es vorbei ist, und ich mich wieder in den Rollstuhl setzen und zurücklehnen kann.

Zum Schluss sagt der Therapeut:

„Das war eine sehr erfolgreiche Stunde. Sie können sehr zufrieden mit sich sein. Wir haben viel geschafft."

Mit einem sehr müden „Danke" verabschiede ich mich von ihm und entscheide, ihn nicht danach zu fragen, ob ich alleine gehen darf. Die Stunde hat offensichtlich gezeigt, dass Gehen ohne fremde Hilfe im Moment noch nicht möglich ist.

Als ich wieder in meinem Zimmer ankomme, werde ich ins Bett gehoben, lege wieder meine Brille auf dem Kästchen ab und sinke vollständig in die Müdigkeit.

Als der Pfleger mich weckt, gibt es bereits Abendessen. Er geht mit mir zu einem Tisch am Fußende meines Bettes und setzt mich auf einen Stuhl. Ich bin viel zu müde, um zu essen, und drifte bei jedem Bissen in die Müdigkeit ab.

Irgendwann holt mich der Pfleger und führt mich wieder zum Bett. Kaum liege ich, lasse ich mich von der Müdigkeit wegtragen.

Nach einer Weile fühle ich plötzlich eine fremde Hand meine eigene umschließen. Sehr müde blicke ich auf. Meine Augen lassen sich kaum öffnen. Sehr unscharf sehe ich Barbaras Gesicht. Sie hält meine Hand in ihrer.

Als sie merkt, dass ich wach bin, schenkt sie mir ihr schönstes Lächeln! Ihre Augen werden feucht. Kaum hörbar flüstert sie:

„Ich liebe dich!"

„Ich dich auch", flüstere ich mit all meiner mir noch zur Verfügung stehenden Kraft. Ich freue mich tatsächlich sehr über ihre Anwesenheit und ihre Liebe.

Es ist seltsam, einerseits habe ich keine bewusste Erinnerung an unser gemeinsames Leben, andererseits fühle ich mich so wohl und zu ihr hingezogen, wenn sie bei mir ist. Mit diesem Gefühl schließe ich wieder meine Augen und lasse mich widerstandslos davontreiben.

Als ich am nächsten Morgen meine Augen öffne, fühle ich mich, als könnte ich Bäume ausreißen. In meinem Bauch ist ein unglaublich wohliges, warmes Gefühl, und ich könnte alle umarmen.

Als ich mich etwas im Bett bewege, merke ich, dass die Muskeln meiner Beine und Arme schmerzen. Außerdem habe ich Hunger. Ich spüre das Gefühl zum ersten Mal, weiß aber dennoch, was es bedeutet. Der Arzt hat ja gestern etwas davon gesagt, dass ich heute einen Menüplan bekomme. Ich weiß zwar noch immer nicht, was das ist, aber nach dem, was der Arzt gestern gesagt hat, denke ich, dass es etwas mit Essen zu tun haben könnte.

Kaum habe ich den Gedanken zu Ende gedacht, öffnet sich die Türe. Ich setze meine Brille auf und sehe eine stämmige, muskulös wirkende Frau in weißer Bekleidung, kleiner als der Pfleger oder einer der Ärzte, mit kurz geschorenem Haar. Beim Näherkommen sehe ich an ihrem Schild, dass sie eine der Pflegekräfte ist.

„Guten Morgen, Herr Steiner!", verkündet sie freudig. „Haben Sie gut geschlafen?"

„Ich habe sehr gut geschlafen", antworte ich gut gelaunt.

„Sehr gut! Ich hoffe, Sie haben Hunger."

Ich lächle breit und freue mich auf das Essen. Sie stellt ein Tablett auf den Tisch.

„Das ist Ihr Frühstück. Möchten Sie im Bett oder am Tisch essen?"

„Am Tisch, bitte.", entscheide ich mich.

„In Ordnung", sagt sie. „Aber vor dem Frühstück sollten Sie noch Zähne putzen, duschen und etwas anderes anziehen. Brauchen Sie Hilfe dabei?"

Mir ist nicht ganz klar, was sie mit Zähneputzen und Duschen meint, aber mein Gefühl sagt mir, dass das wichtig ist. Deshalb will ich mir diese Dinge von ihr zeigen lassen.

„Ja", antworte ich ihr.

„Alles klar! Moment, ich komme gleich wieder", sagt sie, geht aus dem Zimmer und kommt kurz darauf mit einem Rollstuhl wieder, in den sie mich gekonnt hineinhebt. Danach schiebt sie mich ins Bad und hilft mir beim Zähneputzen und Duschen.

Im Badezimmer zeigt sie mir alles Wichtige darüber, wie man den Körper morgens und abends wäscht und sich die Zähne putzt sowie das von Zeit zu Zeit nötige Rasieren.

Das Bad ist sehr gut ausgestattet für Leute, die Probleme mit ihren Muskeln haben. Gegenüber dem Waschbecken und in der Dusche hängen ausklappbare Sitze, und an den Wänden sind überall Haltegriffe angebracht.

Nach der Morgenhygiene schiebt sie mich wieder zurück und hebt mich aufs Bett. Sie holt aus dem Kasten neue Bekleidung heraus und hilft mir dabei, sie anzuziehen.

Ich merke, vor allem beim Umziehen, dass ich jetzt mehr Gefühl in den Beinen habe als gestern beim Training. Als ich angezogen bin, hilft sie mir an den Tisch, damit ich dort essen kann.

„Das ist übrigens der Menüplan", sie deutet mit dem Zeigefinger auf einen Zettel auf dem Tablett, der zwischen zwei Tellern eingeklemmt ist. „Wenn Sie mit dem Frühstück fertig sind, markieren Sie bitte darauf die Mahlzeiten, die Sie diese Woche essen möchten. Falls Sie beim Essen Hilfe brauchen sollten, drücken Sie einfach hier drauf", fährt sie fort und deutet mit dem Finger auf einen Knopf in der Wand direkt über dem Tisch, mit der Aufschrift Pfleger. „Ansonsten wünsche ich Ihnen eine gesegnete Mahlzeit!" Damit verlässt sie den Raum.

Ich schaue auf das Tablett. Was gibt es denn?

In einem Körbchen liegen zwei Stück Gebäck. Daneben stehen auf einem kleinen Teller Gläschen, eines mit Butter, eines mit Marmelade und eines mit einem Schokoladenaufstrich. Vor den Gläschen lehnt jeweils ein kleiner Zettel, auf denen steht, was deren Inhalt ist. Eine Kanne

Tee sowie ein kleiner Teller mit einem Messer darauf, stehen daneben. Ich lasse mir alles gut schmecken und schaue danach auf den Menüplan. Anscheinend ist heute Donnerstag. Montag, Dienstag und Mittwoch sind durchgestrichen. Bei Donnerstag wurde eine Notiz dazu geschrieben. Sie lautet: Heute, und ein kleiner Pfeil zu Donnerstag wurde angebracht.

Es gibt an jedem Tag zwei Suppen zur Auswahl: Frittatensuppe und Nudelsuppe.

Zusätzlich kann man an jedem Tag eine Hauptspeise auswählen. Diese sind jeden Tag unterschiedlich. Weil ich bei vielen Gerichten ohnehin nicht genau weiß, was ich bekomme, und erst recht nicht, wie es schmeckt, lasse ich den Zufall entscheiden.

Zuerst will ich heute Nudelsuppe ausprobieren. Ich habe dabei ein gutes Gefühl. Morgen werde ich auch Nudelsuppe nehmen und die zwei übrigen Tage danach Frittatensuppe. So weit, so gut.

Jetzt würde ich gerne wieder ins Bett und die restlichen Zeitschriften lesen, die ich gestern nicht mehr geschafft habe. Dadurch verbessert sich mein Lesen, und es holt verloren geglaubtes Wissen zurück.

Außerdem muss ich mir auch noch anschauen, welche Therapien ich heute habe und wann diese stattfinden.

Weil der Arzt mir für den Moment noch verboten hat, ohne fremde Hilfe aufzustehen, drücke ich den Pfleger-Knopf an der Wand, warte dann, bis die Pflegerin kommt, und lasse mir von ihr zurück ins Bett helfen. Dort schaue ich mir zuerst an, wann die nächste Therapiestunde anfängt. Um 10:15 Uhr. Diesmal ist Meditation an der Reihe.

Es ist jetzt sieben Uhr. Das heißt, ich habe reichlich Zeit, um die Zeitschriften zu lesen und mich zwischendurch etwas auszuruhen.

Während ich die Zeitschriftenseiten immer wieder umblättere und hochhebe, um sie in Augenhöhe lesen zu können, fällt mir auf, dass meine Arme und Hände, je mehr ich mit ihnen arbeite, umso besser kontrollierbar sind. Sie schmerzen allerdings auch stärker.

Gegen zehn Uhr kommt die Pflegerin, um mich zur Therapie abzuholen. Sie hebt mich in den mitgebrachten Rollstuhl und fährt mit mir in den zweiten Stock.

Der Therapieraum ist etwas kleiner als der Raum, in dem ich gestern war, aber sehr gemütlich eingerichtet. Ich bemerke einen angenehmen Geruch und fühle mich auf Anhieb sehr wohl. Um mich hier drinnen völlig entspannen zu können, fehlt eigentlich nur ein Bett.

Der Therapeut kommt zu mir und begrüßt mich mit einem Handschlag.

„Hallo, Herr Steiner! Kommen Sie herein. Bitte, auf diesen Stuhl hier", er deutet auf den rechten von zwei einander gegenüberstehenden Stühlen. Die Pflegerin hebt mich hoch und bringt mich zu dem Stuhl. Natürlich helfe ich mit, so gut ich kann. Ich will ja, dass meine Beine so schnell wie möglich wieder an Kraft gewinnen.

Als ich auf dem Stuhl sitze, fragt mich der Therapeut:

„Haben Sie schon einmal meditiert?"

Ich schüttle den Kopf.

„Nein. Nicht, dass ich wüßte."

„Okay, kein Problem", sagt er. „Ich erkläre Ihnen jetzt einmal die Grundlagen, und danach versuchen wir es gemeinsam."

Ich nicke.

Er erklärt mir ein paar Minuten lang, was der Sinn des Meditierens ist und was es mir in meiner Situation bringen könnte, wenn ich es richtig mache.

Danach bittet er mich, seine Anweisungen, so weit es mir möglich ist, umzusetzen.

„Herr Steiner", beginnt er die Therapie, „konzentrieren Sie sich bitte auf Ihren Atem. Seien Sie sich bewusst, wie Sie einatmen und wie Sie ausatmen, wie Ihre Brust sich hebt und senkt."

Der Therapeut atmet hörbar gemeinsam mit mir.

„Atmen Sie ein."

Der Therapeut und ich atmen ein. „Merken Sie, wie sich Ihr Brustkorb hebt?"

Ich merke, wie sich mein Brustkorb hebt, und will entsprechend antworten, doch ich habe das Gefühl, dass er gar keine Antwort erwartet. Deshalb sage ich nichts und höre weiter auf seine Worte.

„Und ... Sie atmen wieder aus."

Wir atmen gemeinsam aus.

„Merken Sie, wie sich Ihr Brustkorb senkt?"

Ich merke, wie sich mein Brustkorb senkt. Weil ich bereits weiß, dass der Therapeut keine Antwort erwartet, sage ich auch auf diese Frage nichts. Nach drei bis vier Wiederholungen hört er auf, zu kommentieren, und es wird, bis auf unsere Atemgeräusche, still im Raum. Wir atmen noch einige Zeit gemeinsam in dieser Art und Weise weiter, bis er irgendwann in sehr ruhigem Tonfall sagt:

„Jetzt stellen Sie sich vor, Ihr Körper und Ihr Geist seien vollständig geheilt. Freuen sie sich darüber, dass sich Ihr Körper und Ihr Geist so schnell erholt haben und Sie schon bald wieder ganz der Alte sein werden. Lassen sie das Gefühl der Freude darüber immer größer werden."

Ich versuche, mir die Dinge entsprechend vorzustellen, und verwende dazu Erinnerungen aus der gestrigen Therapie, als mich der Therapeut gelobt hat und ich mich darüber gefreut habe. Auch das Lob des Arztes für meinen bisherigen Heilungserfolg nutze ich, um die Freude tatsächlich zu fühlen.

Anfangs gelingt es mir nur ein wenig, dann aber immer mehr. Kurz bevor der

Therapeut die nächste Phase einleitet, kann ich die Freude über meinen Erfolg empfinden, ohne mir das Lob des Arztes und des Therapeuten vorstellen zu müssen.

Der Therapeut führt mich durch einige weitere Übungen, in denen ich mir immer wieder etwas anderes vorstellen soll. Mal, wie ich völlig gesund spazieren gehe und mich wirklich über meinen gesunden Körper freue, oder, wie meine Muskeln wachsen, um sie möglichst schnell wieder kräftig werden zu lassen.

Nach einiger Zeit holt er mich wieder zurück ins Hier und Jetzt:
„Nun werden Sie sich wieder der Gerüche und Geräusche hier im Raum bewusst. Werden sie sich bewusst, wo Sie sind. Spüren sie ihren Körper ... Ihre Arme ... Ihre Beine ... Spüren sie Ihr Gesicht ..."
Wieder versuche ich, seinen Anweisungen zu folgen.
Nachdem wir die Meditation beendet haben, fragt er mich, wie mir die Stunde gefallen hat und welche Probleme ich währenddessen hatte.

Ich beantworte seine Fragen, woraufhin er sich bei mir bedankt und sich, nachdem er den Pfleger gerufen hat, von mir verabschiedet.

Ein paar Minuten später kommt die Pflegerin zur Türe herein. Sie hebt mich in den Rollstuhl und bringt mich zurück in mein Zimmer. Dort angekommen, hilft sie mir ins Bett und verlässt den Raum. Die Uhr zeigt 11:25 Uhr an.

Es hat mir gutgetan, zu meditieren, dennoch fühle ich mich müde und beschließe, bis zum Mittagessen noch etwas auszuruhen.

Zum Mittagessen gibt es Hühnerkeulen mit Reis und Gemüse sowie die bestellte Nudelsuppe. Das steht zumindest auf den Zetteln, die an die Teller gelehnt sind. Die Pflegerin hat das Essen, wie schon am Morgen, auf einem Tablett auf den Tisch gestellt, mich vom Bett gehoben, in einen Sessel beim Tisch gesetzt und dann mit den Worten „Wenn Sie noch etwas brauchen, rufen Sie einfach." den Raum verlassen.

Das nächste Training beginnt um 15 Uhr. Laut Trainingsplan sind heute

Arm- und Fingerübungen an der Reihe. Bis dahin habe ich noch fast drei Stunden Zeit.

Ich bin doch etwas frustriert darüber, dass ich ständig den Pfleger rufen muss, wenn ich irgendwo hingehen will. Jetzt würde ich gerne einen ruhigen Raum aufsuchen, um etwas zu meditieren. Ich will diese Welt mit ihren Pflegern, den Zeiten, in denen nichts zu tun ist, und einer gewissen Ohnmacht wenigstens für kurze Zeit vergessen und mich ganz auf die Meditation konzentrieren.

Wieder einmal rufe ich also die Pflegerin und frage sie, ob sie mich zum Meditationsraum bringen kann. Sie holt einen Rollstuhl und fährt mich in den zweiten Stock in einen großen Saal. Die Ausstattung dieses Saals ist dieselbe wie in dem Raum, in dem ich heute Morgen die Meditation mit dem Trainer hatte. Ich lasse mich von der Pflegerin an einen freien Sitzplatz bringen und fange an, das Gelernte umzusetzen.

Nach ein paar Minuten bin ich zwar sehr ruhig, aber anders als beim Meditieren mit dem Trainer drängen sich nun immer wieder Gedanken in den Vordergrund. Ich betrachte sie kurz und schiebe sie dann von mir ...

Nach einer Weile drängen sich diese Gedanken immer weniger in den Vordergrund und verschwinden schließlich völlig. Es stellt sich ein wohlig-warmes und vollständig ruhiges Gefühl ein, von dem ich mich nicht erinnern kann, es schon einmal gespürt zu haben.

Ich genieße dieses wunderschöne Gefühl, und nach einer Weile fühlt es sich so an, als könne mir die Welt um mich herum nichts mehr anhaben. Als wäre ich derjenige, der darüber entscheidet, was mit mir passiert und was nicht. Einige Zeit später scheint es so, als würde mein Körper anfangen, sich aufzulösen. Als wäre er immer weniger relevant für mein Leben.

Mit fortschreitender Meditation werden all diese Empfindungen immer stärker und stärker. So lange, bis ich in einen neuen Wesenszustand übergehe. Mein Körper ist noch da, aber nicht viel mehr als eine Hülle, die man an- und wieder abstreifen kann. Ich selbst bin nur noch Geist.

Hat der Meditationslehrer diesen Zustand gemeint, als er von Trance gesprochen hat? Wahrscheinlich.

Obwohl mein Körper die Augen geschlossen hat, sehe ich alles um mich herum. Besonders fällt mir mein Körper auf, der immer noch meditiert. Er atmet langsam und ruhig.

Der Meditationsraum wirkt jetzt ganz anders auf mich. Als gehörte ich nicht mehr in diese Welt. Als wäre diese Welt nur etwas, das ich beobachte. Ich habe das Gefühl, endlich wieder zu Hause, endlich wieder frei zu sein. Jetzt wird alles gut!

Plötzlich fallen mir Dinge ein, die ich als meine Vergangenheit erkenne, und ich spüre, dass diese Erinnerungen nicht zu meinem Körper gehören. Ich möchte wissen, was dahintersteckt und versuche, sie wieder wachzurufen …

Mir fällt ein, dass ich in meiner Vergangenheit an irgendetwas geforscht habe. Zum Zweck dieser Forschung wollte ich mich ganz nah damit befassen.

Mir fällt auch wieder ein, dass ich meinen Körper analysiert habe. Aber zu welchem Zweck? Ich spüre, dass Wissen da ist. Wieder denke ich scharf nach …

Nach und nach erinnere ich mich daran, dass ich die Menschheit erforscht habe und dass dies aus der Ferne geschah. Ich erinnere mich, dass es zu theoretisch war und ich am eigenen Leib erfahren wollte, wie es ist, ein Mensch zu sein ... Habe ich dann vielleicht versucht, als Mensch zu leben?

Und wie passen diese Erinnerungen mit dem Angriff auf meinen Körper und dem Koma zusammen? Gibt es überhaupt einen Zusammenhang?

Der Arzt sagte, als er die Verbände und Anschlüsse entfernt hat, dass mein Körper ungewöhnlich schnell heilen würde ... Was, wenn diese schnelle Heilung etwas mit einem Versuch zu tun hätte, ein Mensch zu werden? Habe ich womöglich einen im Koma liegenden Körper geheilt und ihn dann zu meinem eigenen gemacht? Das würde immerhin einiges erklären.

Wenn diese Vermutungen stimmen, müsste ich jetzt in der Lage sein, mein Gehirn soweit zu heilen, dass ich Zugang zu seinen Erinnerungen erhalte. Ich beschließe, das auszuprobieren, und richte meine Aufmerksamkeit versuchsweise auf die Zellen des Gehirns.

Als wenn ich das schon einmal gemacht hätte, analysiere ich wie selbstverständlich die Zellen und komme sehr schnell zu dem Schluss, dass es nichts zu reparieren gibt. Soweit ich das erkennen kann, funktionieren alle Zellen, wie sie sollen. Aber warum habe ich dann keinen Zugriff auf die Erinnerungen? Brauchen sie dafür vielleicht irgendeine Anregung und wenn ja, welche?

Als ob ich die Antwort bereits wüsste, macht sich plötzlich ein Gefühl in mir breit, dass ich spontan als Intuition bezeichnen würde, obwohl ich bis gerade eben nicht wusste, was das ist. Diesem Gefühl nach muss ich mich auf die Zellen konzentrieren und mit ihnen kommunizieren. Ich muss sie bitten, die Informationen, also die Erinnerungen, zu mir zu übertragen.

Ich beschließe, das gleich einmal auszuprobieren, und richte meine Aufmerksamkeit noch einmal auf die Zellen. Dabei versuche ich, die Bitte zu senden, dass mir ihre Erinnerungen übertragen werden.

Zunächst geschieht nichts. Dann merke ich, dass plötzlich Informationen übertragen werden. Ich sehe Bilder, höre Tone, erhalte Wissen und spüre Gefühle.

Zuerst langsam, dann immer schneller. Plötzliche prasseln alle möglichen Informationen auf mich ein. Die Informationen kommen so schnell und völlig ohne Zusammenhang, sodass ich nicht in der Lage bin, sie aufzunehmen und erst recht nicht, sie zu verstehen ...

Ich bitte die Zellen also noch einmal, die Informationen zu senden, bitte sie aber diesmal darum, es langsamer zu tun.

Nach ein paar Sekunden kommen die Informationen noch einmal, zwar genauso zusammenhanglos, aber sehr viel langsamer. Dadurch bin ich jetzt in der Lage, die Fülle der Informationen aufzunehmen und sie teilweise auch zu verstehen. Einige Erinnerungen sind aber nach wie vor zu durcheinander, um irgendeinen Zusammenhang zu erkennen. Gut ist aber, dass ich nun einiges mehr über meinen Körper und von der Welt weiß, in der er lebt.

Leider habe ich nur wenige Informationen darüber erhalten, wie mein Körper verprügelt und ins Krankenhaus eingeliefert wurde. Ich habe nur die Angst gefühlt, die der Körper hatte, und wie schmerzhaft die Wunden waren.

Es fehlen auch noch einige Informationen über Barbara. Ich habe zum Beispiel nur bruchstückhafte Informationen darüber, wie unser Kennenlernen war. Manche dieser Erinnerungen sind an Gefühle gekoppelt, andere sind Bilder oder Geräusche ohne Zusammenhang. Leider alles sehr unübersichtlich ...

Vielleicht hilft es ja, mit den Zellen im Gehirn in nächster Zeit immer mal wieder zu kommunizieren. So erhalte ich mit der Zeit möglicherweise ein vollständiges Bild.

Gerade möchte ich die Trance beenden, um mich wieder in mein Zimmer bringen zu lassen, als ich eine Idee habe.

Was, wenn es mir gelänge, die Bein- und Fußmuskulatur meines Körpers aufzubauen und die Muskeln zu stärken? Dann könnte ich vielleicht bald wieder normal gehen. Und weil die Informationsübertragung der Erinnerungen zumindest zum Teil funktioniert hat, könnte ein Aufbau der Muskeln auf diese Weise ebenfalls funktionieren.

Ich wende dieselbe Technik an wie schon bei den Erinnerungen, diesmal konzentriere mich aber auf die Beinmuskeln und bitte diese, stärker zu werden und zu wachsen. Zuerst das eine, dann das andere Bein.

Mit einem Gefühl der Zufriedenheit überlege ich, was ich, losgelöst von meinem Körper, noch tun könnte, um meine Genesung zu beschleunigen, als mir einfällt, dass ich heute noch ein Trainingsprogramm in meinem Körper zu absolvieren habe. Weil ich nicht weiß, wie spät es ist, beschließe ich, die Trance zu beenden, um nicht zu spät zu kommen.

Ich rufe gerade den Teil des Meditationstrainings von heute Morgen auf, der mich wieder meinen Körper spüren und des Raums bewusst werden lässt, der mich also in die physische Welt zurückholt, als ich eine Reihe weiterer Emotionen und Gefühle empfinde, die diesmal sehr geordnet und strukturiert sind. Ich spüre auch, dass diese Gefühle nicht von meinem Körper kommen, sondern von irgendwo anders. Es sind Gefühle der Verzweiflung und der Angst. Jemand spürt diese Gefühle jetzt gerade! Ich will wissen, wer das ist, und konzentriere mich auf deren Quelle.

Als würde ein unsichtbares Band zwischen mir und ihr existieren, erkenne ich nach ein paar Sekunden, dass dies Barbaras Gefühle sind.

Warum hat sie Angst? Weshalb ist sie verzweifelt? Ich konzentriere mich noch stärker auf Barbara und erhalte plötzlich Zugang zu einer erweiterten Wahrnehmung.

Ich sehe meinen ruhig meditierenden Körper im Raum auf seinem Platz sitzen und gleichzeitig, dass Barbara zu Hause gekrümmt auf der Couch liegt und weint. Es ist ein leises Weinen, das von kürzerem und längerem Schluchzen durchsetzt ist.

Weshalb weint sie? Ist der Zustand meines Körpers der Grund dafür? Was kann ich tun, damit es ihr besser geht?

Das einzige, das mit einfällt, ist, ihr Energie zu schicken, damit sie den Stress, den diese Situation mit sich bringt, besser verkraftet.

Dazu stelle ich mir vor, wie Energie von mir ab- und zu ihr hinfließt. Ich stelle mir vor, wie sich diese Energie mit ihrem Körper vereint. Tatsächlich habe ich keine Ahnung, ob das auf diese Weise funktioniert, aber mein Gefühl sagt mir, dass sie so von meiner Energie zehren kann.

In den ersten Minuten ändert sich ihr Gemütszustand nicht. Dann wird das Schluchzen langsam weniger, bis es nach und nach völlig verschwindet. Jetzt weint sie nur noch. Ich sende ihr weiterhin Energie. Nach einigen Minuten wird auch das Weinen weniger und hört schließlich ganz auf. Sie liegt nun in gekrümmter Haltung auf der Couch und blickt ins Leere. Weil ich mit ihrem Zustand noch nicht zufrieden bin, sende ich ihr weiterhin Energie. Wieder vergehen einige Minuten. Irgendwann setzt sie sich aufrecht auf die Couch. Ihre Augen sind rot und vom Weinen geschwollen. Nach ein paar Minuten steht sie auf, geht in die Küche und bereitet sich etwas zu essen zu. Wirklich zufrieden bin ich mit ihrem Zustand noch nicht, aber immerhin geht es ihr jetzt wieder so gut, dass sie hoffentlich ihren Alltag bewältigen kann. Ich lasse die Situation also wieder los und verschließe mich dieser erweiterten Wahrnehmung.

Das war jetzt genug Aufregung für eine Meditationssitzung, also spule ich den Teil des Meditationstrainings von heute Morgen ab, der mich meinen Körper wieder spüren und den Raum bewusst wahrnehmen lässt.

Nach ein paar Minuten habe ich das Gefühl, meinen Körper wieder ganz normal zu spüren, und öffne die Augen. Ich sitze, wie vor der Meditation, auf meinem Platz, fühle mich aber schwach und müde. Hat die Meditation Energie gekostet? Oder war das der Energietransfer zu Barbara? Egal! Ich will in mein Zimmer zurück und schlafen. Also rufe ich die Pflegerin.

Als wir wieder mein Krankenzimmer betreten, werden wir von einem Mann überrascht, der auf meiner Couch sitzt und in einem der Magazine blättert. Er trägt eine Hose, deren Blau ausgebleicht und fleckig ist. Zudem ist sie an manchen Stellen leicht zerrissen. Er hat ein weiß-graues Shirt mit einer seltsamen, ebenfalls ausgebleichten Aufschrift darauf an. Auch das Shirt sieht fleckig aus. Lange, fettige Haare fallen ihm ins Gesicht. Seine Sitzhaltung lässt vermuten, dass er diese sehr gemütliche Couch nicht so schnell wieder verlassen wird.

„Na, da haben wir ihn ja! Den Mann, den Meister!", begrüßt er mich. Nach seinem Lächeln zu urteilen, bin ich ein alter Freund, den er jahrelang nicht gesehen hat. Er steht vom Sofa auf, kommt zu mir, beugt sich auf Höhe des Rollstuhls herunter und umarmt mich, die Flecken an seinen Achseln dabei direkt neben meiner Nase.

Ich bewege meinen Oberkörper intuitiv etwas zur Seite, um dem üblen Geruch auszuweichen.

„Was ist denn mit dir los?", fragt er mich mit lauter Stimme. Er stützt sich mit beiden Händen auf den Rollstuhl, sodass ich gezwungen bin, mit ihm an Ort und Stelle zu verweilen. Ich finde die Situation so grotesk, dass ich erst einmal nichts sage und ihn nur anstarre. Das gefällt ihm offenbar gar nicht. Sein Blick verfinstert sich.

„Begrüßt man so einen alten Freund?", sein Blick wird noch düsterer. Plötzlich, als hätte er nur kurz die Fassung verloren, lächelt er mich wieder an:

„Na ja, alt sind wir doch alle irgendwie. Oder nicht?"

Er lacht laut und schaut mich und die Pflegerin grinsend an, was die Sache nur noch grotesker macht. Ich schlucke mein

Erstaunen und meine Verblüffung hinunter und antworte:

„Man hat mir gesagt, dass ich wurde verprügelt wurde."

„Verprügelt!", wiederholt er unangenehm laut. „Kannst du dich an was erinnern?"

Seine Miene verdunkelt sich wieder. Diesmal sieht er mich böse und fordernd an.

„Ich habe das Problem, dass ich mich an gar nichts aus meinem Leben erinnern kann", antworte ich, diesmal in fast derselben Lautstärke wie er. „Auch nicht an die Prügel", füge ich noch hinzu. Er lässt nicht locker.

„Du weißt also nicht mehr, dass man dich verprügelt hat?" Sein Blick wird immer fordernder, als wolle er mir mit seinen Augen die Wahrheit entlocken.

„Ja, richtig! Ich weiß nichts mehr davon, dass man mich verprügelt hat." Ich will jegliches Missverständnis ausschließen und formuliere den Satz deshalb ganz besonders deutlich.

„Na, das ist ja mal was!", sagt er wieder mit lauter Stimme und wirkt dabei sehr zufrieden. Er hält den Rollstuhl noch immer fest und wippt mit dem Oberkörper leicht auf und ab, als würde er nicken. Nach ein paar Mal Auf-und-ab-Wippen lässt er den Rollstuhl los und bewegt sich plump an mir und der Pflegerin vorbei in Richtung Türe. Während er das tut, blickt er zuerst mich, dann die Pflegerin mit einem breiten Grinsen an und sagt, wieder viel zu laut:

„Hoffentlich erwischen sie die, die dich verprügelt haben!"

Dann ist er weg. Die Pflegerin und ich schauen uns völlig entgeistert an.

„Was war denn das?", fragt sie mich. Ich bin mir zwar sicher, dass sie darauf keine Antwort erwartet, antworte aber dennoch:

„Keine Ahnung. Ich hoffe, das war kein Freund von mir. Da bekommt man ja Angst!"

„Das stimmt!", pflichtet sie mir bei. Sie hebt mich zurück ins Bett und verlässt den Raum.

Wer war dieser sonderbare Mann? Seinem Verhalten nach zu urteilen, könnte er etwas mit den Schlägen zu tun haben, die mein Körper einstecken musste. Ich sollte herausfinden, wo er hingeht und ob er tatsächlich etwas damit zu tun hat. Immerhin weiß er, in welchem Krankenhauszimmer ich liege. Mit diesem Wissen könnte er vermutlich weitere Details über mich herausfinden.

Trotz Müdigkeit und Schwäche beschließe ich, ihn als Geistwesen zu verfolgen und auf diese Weise vielleicht etwas herauszufinden. Jetzt schon wieder die Pflegerin zu rufen, damit sie mich in den Meditationsraum fährt, will ich nicht. Sie hat bestimmt Wichtigeres zu tun, als mich ständig irgendwohin zu fahren. Deshalb beschließe ich, in meinem Zimmer zu meditieren und das Risiko einzugehen, dabei gestört zu werden.

Ich schließe meine Augen und spule das Gelernte ab, um in die Meditation einzusteigen. Es dauert wieder einige Minuten, bis ich mich in Trance versetzt habe. Losgelöst von meinem Körper, versuche ich als erstes, den seltsamen Mann wiederzufinden. Ich schwebe aus dem Fenster meines Zimmers und versuche, den Haupteingang des Krankenhauses ausfindig zu machen. Früher oder später muss er über diesen ja das Haus verlassen. Als ich den Eingang entdeckt habe, verharre ich dort und warte auf ihn.

Ich schwebe über einem großen Park, in den breite Wege zu öffentlichen Bänken, kunstvollen Statuen, kleinen Kinderspielplätzen und Springbrunnen führen. Der Park ist von einem breiten Gehsteig umschlossen, an den die Wege anschließen. Parallel zum Gehsteig verläuft an einer Parkseite eine zweispurige Straße. Neben der Straße befindet sich wieder ein Gehsteig und neben dem Gehsteig, direkt vor mir, ist der Haupteingang des Krankenhauses. In Höhe des Parks, neben dem Krankenhaus, gibt es an beiden Gehsteigseiten je eine Bushaltestelle.

Einige Leute gehen geschäftig durch den Park, andere sitzen auf den Parkbänken und wieder andere überqueren die Straße oder spazieren den Gehsteig entlang. Es ist ein schöner, sonniger Tag. Ich als Geistwesen scheine unsichtbar zu sein, denn niemand nimmt von mir Notiz.

Ich sehe das Krankenhaus gerade zum ersten Mal von außen. Der Haupteingang und der vordere Teil des Hauses werden von einer Glaskuppel umspannt, sodass man das Treiben im Inneren teilweise erkennen kann. Der Rest des nach hinten verlaufenden Gebäudes sieht aus wie die vielen anderen aus Ziegeln gebauten Häuser der Nachbarschaft.

Ich wundere mich, dass mein Besucher bisher nicht beim Haupteingang aufgetaucht ist. Nicht, dass er irgendeinen Seiteneingang nimmt, um das Krankenhaus zu verlassen, und ich ihn dadurch verpasse.

Gerade als ich nach Seiteneingängen suchen möchte, kommt er durch den Haupteingang heraus. Er geht schnellen Schrittes aus dem Krankenhaus, wird auf dem Gehsteig langsamer und bleibt bei der Bushaltestelle neben wartenden Leuten stehen. Er schaut kurz auf seine Armbanduhr und wartet ebenfalls.

Mir fällt auf, dass die anderen Anwesenden im Gegensatz zu meinem Besucher gut sitzende, farblich abgestimmte Kleidung tragen, und ich frage mich, weshalb sich seine so sehr von ihrer unterscheidet.

Es dauert etwa zehn Minuten, dann kommt ein Bus, der an der Haltestelle stehen bleibt. Die Türen öffnen sich und die Wartenden, inklusive meines Besuchers, steigen ein. Ein paar Sekunden später setzt sich der Bus wieder in Bewegung, und ich folge ihm.

Die Fahrt dauert eine gefühlte Ewigkeit. Der Bus bleibt immer wieder an einer Haltestelle stehen, um Fahrgäste ein- und aussteigen zu lassen. Bei jedem Stehenbleiben gebe ich besonders darauf Acht, dass mein Besucher nicht auch den Bus verlässt, denn ich will seine Spur nicht verlieren. Der Bus fährt zur Stadtmitte. Seit der Wissensübertragung weiß ich, dass es dort einige Möglichkeiten gibt, in andere Buslinien umzusteigen, denn mein Körper hatte dort früher berufsbedingt oft zu tun. Das heißt, ich muss hier besonders auf meinen Besucher achten.

Und tatsächlich! Er verlässt den Bus, geht ein paar Meter weiter und steigt dort in einen anderen Bus wieder ein.

Fortan folge ich also diesem Bus, der anfangs ebenfalls alle paar Minuten an einer Haltestelle stehen bleibt. Je länger Fahrt dauert, desto größer werden die Abstände zwischen den Haltestellen, wodurch der Bus eine immer längere Strecke zurücklegt, bevor er erneut Fahrgäste zu- und aussteigen lässt.

Nach einer Weile wirkt die Umgebung zunehmend baufällig und ungepflegt. Die Straßen und Gebäude haben zum Teil tiefe

Risse, Menschen auf den Gehsteigen tragen mehr und mehr unsaubere und schlecht sitzende Kleidung. Es liegt Abfall herum.

Der Bus dringt immer weiter in dieses Gebiet vor. Irgendwann, als er wieder an einer Haltestelle anhält, steigt mein Besucher aus und geht in Richtung einer Siedlung. Sein Weg führt immer deutlicher zu einem stark verfallenen Einfamilienhaus. Als er dort angekommen ist, läutet er an der Haustüre, die wenig später von einem Mann geöffnet wird. Er spricht mit ihm, dann wird er eingelassen und die Türe wird geschlossen.

Ich schwebe durch die Türe ebenfalls ins Haus und gelange in einen kleinen, ebenfalls vom Verfall bedrohten Vorraum. Mein Besucher ist bereits durch einen türlosen Durchgang weitergegangen, und ich schwebe hinterher und gelange in einen weiteren Raum.

Ein großer, runder Tisch, umringt von Stühlen, ist in der Mitte des Raumes aufgestellt. Der Tisch und die Stühle wirken auf mich, als stünden sie normalerweise in einem modernen Besprechungsraum während der Rest des Raumes ähnlich alt und verfallen wirkt wie der Vorraum. Mein

Besucher hat auf einem alten Sofa Platz genommen, das genauso zerschlissen wirkt, wie der Rest des Raumes. Wie bei dem Sofa in meinem Krankenzimmer lässt seine Sitzposition vermuten, dass er sich darauf wohl fühlt.

Ein junger Mann sitzt an dem großen Tisch auf einem der Stühle und nimmt Anweisungen von einem Älteren entgegen, die er auf einen Laptop tippt. Die Kleidung der beiden lässt sie perfekt in das Bild des modernen Besprechungsraumes passen.

Der Mann, der gerade noch die Anweisungen diktiert hat, sieht auf und spricht meinen Besucher an.

„Na endlich! Und? Was hast du herausgefunden?"

Offenbar ist er nicht nur der Vorgesetzte des Mannes vor dem Laptop, sondern auch der meines Besuchers. Dieser richtet sich etwas auf, sodass er nun eher sitzt als liegt und antwortet amüsiert:

„Der Typ hat den Jackpot geknackt! Er weiß nicht mal mehr, wer er ist! Er hat alles vergessen!" Sein Gegenüber wirkt verwirrt.

„Was heißt das genau?"

Mein Besucher, der gerade noch gute Laune hatte, wird ärgerlich.

„Mann, er hat Amnesie oder so was!"

Der Vorgesetzte begibt sich zu meinem Besucher und dreht sich einen Stuhl des Tisches zurecht, um darauf Platz zu nehmen.

„Was hat er genau gesagt?"

„Keine Ahnung! Er sagt, er kann sich nichts erinnern, also alles gut", antwortet mein Besucher.

„Was meinst du damit?", bohrt der Anzugtyp nach. „Was hat er genau gesagt?"

Genervt von der Fragerei, fährt ihn mein Besucher an:

„Keine Ahnung, Mann! Er weiß nichts mehr, hat er gesagt."

Der Vorgesetzte lässt sich seine genervte Art nicht gefallen und sieht ihn warnend an, worauf sich mein Besucher seines unangemessenen Tons bewusst wird.

„Weiß er nur vom Angriff nichts mehr, oder weiß er auch über seinen Beruf nichts mehr? Weiß er noch, wie man Leute vor Gericht verteidigt?", fragt der Vorgesetzte.

Mein Besucher bleibt stumm und zuckt unwissend mit den Schultern. Es folgt eine kurze Pause, während der Vorgesetzte überlegt.

„Wie soll er in Zukunft Freisprüche für unsere Leute erwirken, wenn er keine Ahnung mehr hat, wie man das macht?", fragt er schließlich.

Er steht von seinem Stuhl auf und geht nachdenklich im Raum umher. Nach ein paar Minuten sagt er:

„Verdammt! Wir müssen noch mal jemanden zu ihm schicken!"

Es folgt eine Denkpause. Stille herrscht im Raum. Die Augen der beiden sind auf den Chef gerichtet. Dieser führt seine Gedanken fort:

„Derjenige muss aber zuversichtlich herausfinden, was er noch weiß und ob er in Zukunft noch für uns arbeiten kann."

Wieder eine Denkpause.

„Am besten bringt ihr ihn hierher. Nachts. Hier haben wir den Vorteil, dass wir jeden, der trotz Dunkelheit etwas mitbekommt, leicht bestechen können."

„Soll er gleich heute noch abgeholt werden?", unterbricht ihn sein Assistent.

Der Chef schüttelt nach kurzer Denkpause den Kopf.

„Nein! Solange er im Krankenhaus liegt, gibt es zu viele potenzielle Zeugen. Wartet, bis er entlassen wird, und greift ihn euch bei ihm zu Hause ... Aber bitte! Der Angriff muss gut geplant sein. Unter anderem müsst ihr erst herausfinden, mit welchen Problemen wir es zu tun bekommen könnten, wenn er wieder zu Hause ist."

Wieder denkt der Chef nach.

„Diesmal werde ich den Angriff persönlich leiten", entscheidet er. „Dass es für den ersten Angriff, den ihr Idioten am helllichten Tag verübt habt, bisher keine Zeugen gibt, ist ein Glücksfall. Aber so viel Glück haben wir nicht noch mal!"

Der Chef begibt sich zu seinem Assistenten und setzt sich neben ihn auf den Stuhl.

„Also gut, wir werden sein Haus ab sofort bewachen. Dezent bewachen! Seine Freundin darf nichts mitbekommen. Auf diese Weise erfahren wir, wann er nach Hause kommt, und können die Umgebung ordentlich auskundschaften. So erfahren wir auch, mit welchen Problemen wir rechnen müssen, und können in weiterer Folge zuschlagen. Aber Leute", er sieht seine beiden Kollegen nacheinander an, „wartet auf meine Befehle! Keiner tut etwas, bevor ich es sage! Verstanden?"

Beide nicken.

„Gut!", er wirkt zufrieden und löst die Versammlung auf. Alle verlassen das Haus und gehen ihrer Wege.

Ich fliege wieder zurück zu meinem Körper und beende die Trance.

Was war denn das für eine Versammlung?

Sie beobachten also ab sofort mein Haus, um zu erfahren, wann ich heimkomme! Oh, mein Gott!

Die Pflegerin kommt herein und unterbricht meine Gedanken. Es ist wohl Zeit für die nächste Therapiestunde. Ich werde später über die Versammlung nachdenken müssen. Sie begrüßt mich und hebt mich wie immer in den Rollstuhl. Ich habe Probleme, meine Gedanken von der Versammlung zu lösen, und treibe langsam in einen leichten Schockzustand.

Wie kann ich mich vor einem weiteren Übergriff schützen? Ich kann mich ja nicht mal verlässlich bewegen! Wie soll ich mich da im Falle eines Angriffs verteidigen? Oder weglaufen?

Die Pflegerin fährt mich wieder in den zweiten Stock. Es ist diesmal ein anderer Raum, der sehr viel kleiner ist als die Räume, die ich bisher kennengelernt habe. In seiner Mitte steht ein kleiner Tisch, der groß genug ist, dass sich zwei Leute bequem gegenübersitzen können. Auf dem Tisch liegen verschiedenfarbige Holzbauklötze in unterschiedlichen Größen und daneben ein Stapel großer Karten mit Abbildungen. Auf dem Boden neben dem Stuhl, auf dem der Therapeut sitzt, steht eine graue Plastikkiste mit einem Henkel.

Der Therapeut erhebt sich, kommt zu mir und begrüßt mich. Es ist derselbe Mann, der mir hilft, meine Fuß- und Beinmuskeln zu stärken. Er bittet mich, auf einem der beiden Stühle Platz zu nehmen und setzt sich dann auf den anderen, während die Pflegerin mir auf den Stuhl hilft.

„Herr Steiner, Sie sehen hier vor sich einige Holzklötze." Er fährt mit der offenen Hand über die Klötze hinweg. „Ich gebe Ihnen nun verschiedene Kärtchen. Darauf abgebildet sehen Sie Bauklötze, die zu einem Turm aufgestellt sind. Bitte stellen Sie die Bauklötze vor Ihnen auf dem Tisch so auf, dass derselbe Turm wie auf den Kärtchen entsteht. Wenn ein Bauklotz zum Beispiel seitlich abgebildet ist, stellen Sie ihn bitte auch genauso seitlich vor sich auf."

Ich bin immer noch in einer Art Schockzustand und bekomme das, was der Therapeut sagt, nur am Rande mit. Das merkt er und wiederholt das Gesagte. Diesmal zwinge ich mich, zuzuhören, und als ich alles verstanden habe, nicke ich.

Er zeigt mir das erste Kärtchen. Auf ihm sind fünf Bauklötze abgebildet, einer in Rot, einer in Blau, einer in Grün und zwei in Gelb. Sie sind in zwei Reihen übereinander aufgestellt, wobei sich in der unteren Reihe die roten, die blauen und die grünen Klötze und in der oberen die zwei gelben Klötze befinden.

Ich baue die Klötze entsprechend den Abbildungen vor mir auf, was mir innerhalb weniger Sekunden gelingt, allerdings bemerke ich nach wie vor eine gewisse Unsicherheit im Umgang mit meinen Armen und Händen. Sie lassen sich aber schon besser bewegen und koordinieren als kurz nach meinem Aufwachen aus dem Koma.

Der Therapeut begutachtet meine Arbeit und nickt zufrieden.

„Sehr gut gemacht." Er notiert sich etwas auf einem Block und reicht mir das nächste Kärtchen. Diese Abbildung zeigt acht verbaute Klötze in den Farben, die schon beim letzten Turm verwendet wurden, sowie zwei zusätzliche in Rot und einen in Violett. Es sind diesmal vier

Reihen übereinander. Die erste Reihe besteht wieder aus drei Klötzen, wieder in Rot, Blau und Grün, genauso aufgestellt wie auf dem letzten Kärtchen. Die zweite Reihe besteht aus zwei Klötzen in Gelb, nebeneinander Ecke an Ecke aufgestellt. Über der zweiten Reihe ruhen, umgekehrt zur zweiten Reihe, Kante an Kante die beiden violetten Klötze. Dazwischen ist ein etwa fingerbreiter Abstand.

Als ich die Klötze vor mir aufbaue, merke ich, dass ich leichte Schwierigkeiten habe, meine Arme und Hände in der richtigen Weise zu koordinieren. Meine Arme beginnen, kurz vor Ende der fertigen Figur leicht zu zittern, doch der Aufbau gelingt trotzdem. Der Therapeut sieht sich das Ergebnis wieder genau an, nickt und schreibt wieder etwas auf seinen Block.

So geht es eine Weile dahin. Irgendwann werden aus den Bauklötzen umgedrehte Plastikbecher, die zu einem Turm aufgebaut werden müssen, oder auch kleine, längliche Holzstäbe, die paarweise ebenfalls zu einem Turm gestapelt werden sollen. Nach jeder gelösten Aufgabe nickt der Therapeut und notiert sich etwas auf seinen Block. Ich merke mehr und mehr, wie müde meine Arm- und Handmuskeln werden und dass meine Arme und Hände immer stärker zittern. Zum Schluss der Therapie ist das Zittern deutlich sichtbar und meine Muskeln brennen bei jeder Bewegung.

Nach der Verabschiedung bringt mich die Pflegerin wieder in mein Zimmer und hebt mich ins Bett. Als ich im Bett liege, fällt mir auf meinem Kästchen etwas blockartiges Schwarzes auf, auf dem ein Zettel liegt. Darauf ist etwas geschrieben:

Hallo, mein Schatz!

Ich habe dich leider nicht angetroffen und konnte nicht mehr länger warten. Deshalb die Nachricht.
Die Pfleger sagen, du kannst schon wieder etwas lesen! Das ist phantastisch!

Ich habe mir eigentlich gedacht, dir ein Buch mit Kurzgeschichten ins Krankenhaus zu bringen, um dir vorzulesen, aber Lesen kannst du jetzt ja wieder selbst.

Morgen bringe ich dir ein paar Fotos und noch anderen Lesestoff mit. Vielleicht hilft dir das, dich wieder zu erinnern.

Ich küsse dich! Ich liebe dich! Deine Barbara

Ich freue mich sehr über ihren Brief. Meine Freundin ist etwas ganz Besonderes, und ich freue mich schon auf ihren morgigen Besuch.

Soll ich ihr von dem Gespräch erzählen, das ich belauscht habe? Wenn ich das mache, muss ich ihr auch von meinen neuen Fähigkeiten als Geistwesen erzählen. Soll ich das wirklich tun?

Dem Gespräch der drei unbekannten Männer nach zu urteilen, bin nur ich in Gefahr – sie betrifft es also nicht. Außerdem weiß ich nicht, wie sie reagiert, wenn ihr Freund plötzlich seltsame Kräfte hat.

Der Pfleger und nicht die Pflegerin bringt diesmal das Abendessen. Er stellt das Tablett mit dem Abendessen wie immer auf den Tisch, hebt mich vom Bett, setzt mich auf einen der Stühle, wünscht mir einen guten Appetit und verlässt das Zimmer. Es gibt Fischfilet, Kartoffeln und Gemüse.

Ich habe keinen rechten Appetit, esse unwillig immer mal wieder ein paar Bissen und denke über das Gespräch der drei unbekannten Männer nach, das ich belauscht habe. Nach einer Weile lasse ich die Hälfte des Essens stehen, rufe den Pfleger und werde wieder ins Bett befördert.

Im Bett angekommen, entscheide ich, dass ich Barbara fürs Erste nichts davon erzähle und versuchen werde, mich von der Polizei schützen zu lassen. Aber wie stelle ich das an? Soll ich der Polizei von dem Gespräch erzählen? Doktor Koller sagte ja bereits, dass jemand wegen des Angriffs auf mich mit mir reden möchte.

Sollte ich mich dafür entscheiden, ihnen von dem Gespräch zu erzählen, werden sie sicherlich wissen wollen, wie es mir möglich war, die drei Unbekannten zu belauschen, wenn ich kaum in der Lage bin, vom Bett aufzustehen; es ist also vermutlich besser, nichts davon zu erwähnen. Vielleicht kann ich die Polizei dazu bringen, mich unter ihren Schutz zu stellen,

wenn ich ihnen erzähle, wie ich zusammengeschlagen wurde. Dazu muss ich allerdings erst herausfinden, wer das war und
aus welchem Grund das geschehen ist ...

Doch dazu bin ich jetzt zu müde, so
kann ich nicht ordentlich denken. Also
beschließe ich, mich etwas auszuruhen und
mir dann noch einmal Gedanken darüber
zu machen.

Ich schließe meine Augen und kuschle
mich in die Bettdecke.

Als ich meine Augen wieder öffne, fühle
ich mich ausgeruht und wieder kraftvoller.

Habe ich geschlafen und wenn ja, wie
lange?

Durch das Fenster sehe ich, dass es
draußen dunkel ist.

Weil ich jetzt wieder relativ munter bin
und spüre, dass ein Einschlafen nicht
gleich wieder möglich ist, entscheide ich
mich dafür, das Muskelwachstum meiner
Beine nochmals in Trance anzuregen, und
führe die entsprechenden Übungen aus, die
mich körperlos werden lassen.

Danach bitte ich die Muskeln meiner
Beine so lange stärker zu werden und zu
wachsen, bis ich das Gefühl habe, wieder

müde zu sein und schlafen zu können. Ich beende die Trance, schließe wieder meine Augen und entspanne mich.

Der nächste Tag beginnt mit einer Sensation. Nachdem mich der Pfleger geweckt hat, begebe ich mich unter seinen wachsamen Augen an den Esstisch und nehme mein Frühstück zu mir.

Beim Gehen in Richtung Esstisch merke ich, dass sich meine Beine wesentlich besser bewegen lassen als noch am Tag zuvor! Ich kann stehen und gehen!

Zugegeben, das Ganze ist noch ein bisschen wackelig, und ich muss mich immer mal wieder irgendwo festhalten, aber nun brauche ich den Pfleger nicht mehr unbedingt, um mich fortzubewegen. Auch meine Arme und Hände kann ich recht gut und sicher bewegen, und sie fühlen sich kraftvoller an als bisher.

Mit dieser Motivation gehe ich gleich mal ins Bad, um mir die Zähne zu putzen und mich zu duschen. Auf dem Weg dorthin pausiere ich immer mal wieder, wenn ich merke, dass meine Beine zu schwach werden, und halte mich dazu an den Haltegriffen an der Wand fest.

Als ich im Badezimmer angekommen bin, putze ich mir die Zähne und duschen im Sitzen, dann gehe ich wieder zurück in mein Bett.

Ich möchte mir auch etwas anderes anziehen, vorher brauchen meine Beine, Arme und Hände jedoch etwas Erholung. Weil der Pfleger irgendwann zwischendurch den Raum verlassen hat, entscheide ich, mich etwas später umzuziehen.

Ich setze die Überlegungen des Vortages wegen der Hilfe der Polizei fort und komme zu dem Schluss, dass ich sie bei nächster Gelegenheit anrufen werde. Mehr als das kann ich im Moment nicht tun.

Die letzten Tage waren sehr aufregend, also schließe ich meine Augen und entspanne ein wenig …

Nach etwa dreißig Minuten klopft es an der Türe, anders als die bisherigen Besucher wartet der Klopfende jedoch draußen.

„Ja, herein!", rufe ich.

Die Türe öffnet sich, und zwei Polizisten treten ins Zimmer an mein Bett.

„Guten Morgen. Sind sie Herr Wilhelm Steiner?"

Ich antworte mit einem knappen „Ja".

„Grüß Gott, Herr Steiner", begrüßt mich der Polizist nochmals und schüttelt mir die Hand. „Polizei, dritter Bezirk, Balduinstraße. Ich bin Chefinspektor Rudolf Mayer, und das ist mein Kollege Hendrik Bauer. Wir möchten Ihnen einige Fragen zu dem Vorfall vor Ihrem Koma stellen."

Die Herren wissen wohl noch nicht, dass ich auf diese Fragen selbst gerne Antworten hätte, denke ich und kläre sie über mein Erinnerungsproblem auf.

„Aber ...", fahre ich fort, „die Tatsache, dass ich dermaßen verprügelt wurde, könnte auch bedeuten, dass ich weiterhin in Gefahr bin. Gibt es eine Möglichkeit, dass mich die Polizeit beschützt?", setze ich meinen Plan nicht am Telefon, sondern jetzt in die Tat um.

Es folgt eine kurze Pause, in der der Polizist überlegt. Er schreibt etwas auf einen mitgebrachten kleinen Block und sagt:

„Wir werden die Möglichkeit eines Polizeischutzes für Sie prüfen. Aber solange Sie uns keine Details berichten können, sieht es damit eher schlecht aus, denn wir haben keinerlei Anhaltspunkte, ob Ihr

Leben tatsächlich in Gefahr sein könnte",
erklärt er mir. „Solange wir keinen Beweis
dafür haben, dass organisierte Kriminalität
dahintersteckt, ist Polizeischutz oft nicht
möglich. Aber sollte Ihnen noch etwas einfallen, egal was, melden Sie sich bitte
unter dieser Telefonnummer."

Er drückt mir eine Visitenkarte in die
Hand, danach verabschieden sich beide und
verlassen das Zimmer.

Die Worte des Polizisten bringen mich
zum Nachdenken: Wenn ich also rekonst-
ruieren könnte, was bei jenem Angriff
genau passiert ist, bekäme ich vielleicht
den ersehnten Polizeischutz. Vielleicht
lassen sich die Zellen meines Gehirns mittlerweile überreden, diese Informationen freizugeben. Das muss ich zumindest versuchen. Ein Blick auf den Therapieplan
verrät mir, dass ich nur noch wenig Zeit
bis zur nächsten Einheit habe, also gönne
ich meinen Zellen bis nach der Therapie
noch etwas Zeit, sich auszuruhen. Meine
Idee ist, dass sie nach einer gedanklichen
Ruhepause vielleicht eher fähig sein
werden, Informationen freizugeben. Also
versuche ich, mich zu entspannen und
ruhig zu werden.

Als es Zeit ist für die Therapie, kommt der Pfleger, um mich abzuholen. Ich sitze bereits fertig umgezogen auf einem Stuhl und warte auf ihn.

Er ist offenbar sehr beeindruckt von meinen Heilungserfolgen, denn er begrüßt mich mit den Worten:

„Also, Herr Steiner, Sie geben dem Wort Heilung ja eine ganz neue Bedeutung!"

Er fährt den Rollstuhl zu mir.

„Aber bitte setzen Sie sich trotzdem noch in den Rollstuhl, wenn ich Sie jetzt zur Therapie bringe. Der Therapeut muss Sie erst begutachten und dann entscheiden, ob Sie in Zukunft alleine gehen dürfen."

Obwohl es mich ärgert, dass ich mich immer noch dieses Hilfsmittels bedienen zu muss, setze ich mich in den Stuhl und lasse mich in den zweiten Stock fahren.

Dort angekommen, begrüßt mich wieder der Therapeut.

„Grüß Gott, Herr Steiner! Gut sehen Sie aus! Wie geht es Ihnen denn?"

„Sehr gut!", sage ich euphorisch und erzähle ihm stolz von meinen Erfolgen.

„Okay, das klingt sehr gut! Lassen Sie mich mal sehen, was Sie können. Machen Sie bitte mal ein oder zwei Schritte."

Ich bereite mich vor, aufzustehen. Der Pfleger und der Therapeut wollen mich dabei unterstützen und greifen mir unter die Arme, doch ich winke ab.

„Ich kann das mittlerweile alleine", sage ich, woraufhin die beiden meine Arme loslassen.

„Aber vorsichtig, Herr Steiner!", rät mir der Therapeut. „Nicht, dass Sie trotz Ihrer Zuversicht hinfallen!"

Die Körperhaltung der beiden lässt vermuten, dass sie jederzeit bereit sind, mich aufzufangen, sollte ich stürzen.

Ich verlagere mein Gewicht auf die Beine, stemme mich mit den Armen an den Lehnen des Rollstuhls ab und stehe auf. Es ist etwas schwerer, als vom Bett oder vom Stuhl nach dem Essen in meinem Zimmer aufzustehen, im Rollstuhl sitzt man doch sehr niedrig. Dennoch schaffe ich es, wenn auch wackelig.

Der Therapeut beobachtet das Geschehen und gibt dem Pfleger ein Zeichen, er solle mich stützen. Dann öffnet er eine der beiden Türen und verschwindet dahinter.

Ein paar Minuten später kommt er mit einem rollenden Gerät zurück. Ich habe mich in der Zwischenzeit mit Hilfe des Pflegers wieder in den Rollstuhl gesetzt, denn das Stehen ist doch noch anstrengend und der Rollstuhlsitz zu tief angelegt, um mich selbständig hinzusetzen.

Der Therapeut stellt das rollende Gerät vor mir auf, sieht zu mir, dann wieder zum Gerät und verstellt dann Haltegriffe, die daran angebracht sind.

„So, Herr Steiner! Das ist ein Rollator. Halten Sie sich beim Gehen bitte an diesen Griffen fest", sagt er und berührt dabei die Haltegriffe des Gerätes. „Das sollte Ihren Stand stabilisieren. Probieren Sie bitte, selbständig im Saal mit dem Rollator auf- und abzu gehen."

Das lasse ich mir nicht zweimal sagen. Alles, was mich in Richtung Selbständigkeit weiterbringt, ist mir höchst willkommen. Ich stemme mich also wieder hoch auf die Beine, halte mich am Rollator fest und habe tatsächlich sicheren Stand. Voller Vorfreude darauf, endlich ohne die Hilfe des Pflegers gehen zu dürfen, laufe ich jetzt mit dem Rollator ein paar Schritte. Das gelingt mir recht gut. Der Therapeut und der Pfleger gehen dicht neben mir her, allzeit bereit, mich aufzufangen, falls ich fallen sollte. Nach ein paar Metern verschwindet der Therapeut nochmals, während der Pfleger weiter auf mich achtet, und kommt kurz darauf mit einem Sessel wieder, den er anstelle des Rollstuhls aufstellt.

„Wenn es zu anstrengend wird, setzen Sie sich bitte auf den Stuhl, ruhen sich aus und beginnen von vorne", erklärt er mir.

Den Rollstuhl verbannt er in eine Ecke des Raumes.

Ich gehe noch eine ganze Weile selbständig hin und her, bis es mir zu anstrengend wird. Dann setze ich mich auf den Stuhl, ruhe mich aus und beginne meine Wanderung von vorne. Der Therapeut und der Pfleger gehen anfangs noch neben mir her, halten aber bald Abstand und sehen mir danach nur noch beim Wandern zu.

Beim Verabschieden sagt der Therapeut:

„Herr Steiner, ich gratuliere Ihnen zu den Fortschritten! Unfassbar! Nehmen Sie am besten den Rollator mit auf Ihr Zimmer und trainieren Sie, wann immer Sie mögen. Achten Sie aber bitte auf genug Ruhepausen! Wenn Sie nicht mehr können, einfach kurz hinsetzen und ausruhen ... Und bitte nehmen Sie noch davon Abstand, draußen im Freien zu gehen."

Er reicht mir die Hand.

„Ansonsten sehen wir uns bei der nächsten Therapiestunde. Viel Erfolg bis dahin und auf Wiedersehen."

Ich werde vom Pfleger wieder mit dem Rollstuhl in mein Zimmer gebracht.

So gut die Therapie gelaufen ist, etwas ärgere ich mich trotzdem darüber, dass meine Beine immer noch nicht stark genug sind und ich deshalb nicht alleine gehen kann.

Im Zimmer angekommen und nachdem der Pfleger wieder gegangen ist, setze ich nun das um, was ich mir vor der Therapie vorgenommen hatte. Ich will meine Gehirnzellen anregen, um Informationen über den Vorfall, wie es die Polizisten nannten, offenzulegen.

Ich begebe mich also wieder in Trance. In diesem Zustand angekommen, konzentriere ich mich auf die Zellen im Gehirn und weise sie an, die Erinnerungen über den Vorfall preiszugeben. Es dauert ein paar Minuten, aber ich erhalte tatsächlich einige Informationen. Es sind Bilder und Geräusche, und diesmal kommen sie geordneter als beim letzten Mal:

Ich sehe einige Angreifer, leider sehr undeutlich. Die sichtbaren Erinnerungen sind so gedreht, als liege der Körper bereits am Boden und sähe alles von der Seite. Kleidung, und andere Merkmale der Angreifer sind nicht zu erkennen. Auch jetzt, am Boden liegend, hören die Gestalten nicht auf, gegen den Körper zu treten. So viel ist der Erinnerung eindeutig zu entnehmen. Nach einigen Tritten ist die Erinnerung zu Ende.

Andere Teile der Erinnerung, wie Stimmen, sind zu undeutlich, um sie ordentlich auswerten zu können.

Leider ist das keine besonders große Aus-
beute. Ich hatte mir mehr erhofft. Viel
mehr!

Sicher scheint nur zu sein, dass es mehrere Angreifer waren. Ich überlege, was ich
noch tun könnte, um Informationen über
den Angriff zu bekommen, aber ich habe
das Gefühl, nicht richtig denken zu
können. Weil ich mich bewegen möchte
und noch nicht ins Freie gehen darf,
beschließe ich, im Zimmer mit dem Rollator auf- und abzugehen. Ich ruhe mich
nach einigen Runden immer mal wieder
auf einem Stuhl aus und beginne dann
von vorne. Auf diese Weise verbringe ich
die restliche Zeit bis zum Mittagessen.

Der Pfleger, der mir das Essen bringt,
weist mich darauf hin, dass es auch
erlaubt ist, auf dem Gang vor dem Zimmer
hin- und herzugehen, was ich nach dem
Essen auch mache. Dazu stellt mir der
Pfleger einen Stuhl vor mein Zimmer, auf
dem ich mich immer wieder ausruhen
kann.

Nach einiger Zeit, ich habe das Zeit-
gefühl verloren, sehe ich Barbara mit offenen Armen und einem unglaublich glück-
lichen Lächeln auf mich zukommen. Beim

Näherkommen fallen mir wieder ihre tolle Figur und ihr hübsches Gesicht auf.

Sie nimmt mich in den Arm, gibt mir einen Kuss auf die Lippen und sagt erfreut:

„Du kannst ja schon gehen! Ich bin so stolz auf dich und deine Fortschritte. Ich liebe dich!"

Ich freue mich sehr darüber, dass sie mich besucht, und merke, dass ich sie vermisst habe. Wie gern würde ich ihr von dem, was ich in den letzten Tagen erlebt habe, erzählen. Von dem Ausflug als Geistwesen und davon, dass ich die Verbrecher belauscht habe.

Wieder beschließe ich, ihr nichts davon zu sagen, denn die Angst davor, wie sie reagieren könnte, wenn sie erkennt, dass sie einen Freund mit seltsamen Kräften hat, ist immer noch zu groß.

Wir gehen gemeinsam in mein Zimmer. Sie setzt sich auf die Couch neben meinem Bett. Ich tendiere anfangs dazu, mich aufs Bett zu legen, was ich aber in letzter Zeit zu oft getan habe, sodass ich mich dann doch für die Couch entscheide. Also setze ich mich neben Barbara. Ich gebe ihr einen Kuss auf den Mund und sage:

„Ich freue mich sehr, dass du da bist! Ich habe dich vermisst."

Ihr Lächeln verstärkt sich, und ihre Augen beginnen zu funkeln. Sie setzt sich ganz dicht neben mich, legt ihren Kopf auf meine Schulter und sagt:

„Schön, dass es dir schon wieder so gut geht."

„Ich freue mich auch sehr darüber", sage ich. „Und übrigens danke, dass du mich jeden Tag besuchst. Das gefällt mir, dadurch fühle ich mich nicht so alleine!"

„Das ist doch selbstverständlich, mein Schatz. Ich liebe dich!", antwortet sie mir.

Wir umarmen uns. Ihre Umarmung tut mir so gut, dass ich meine Augen schließe und mich darauf konzentriere und genieße. Einige Zeit verweilen wir in unseren Armen, bis ich plötzlich etwas Weiches, Warmes an meinen Lippen spüre und die Augen öffne. Barbara hat ihren Mund leicht geöffnet und spielt mit ihren Lippen zärtlich an meinen. Ich öffne ebenfalls meinen Mund, woraufhin sich meine Augen wieder schließen und meine Zunge mit ihrer zu spielen beginnt. In mir erwachen starke Gefühle der Liebe und Geborgenheit, und ich lasse mich davon wegtragen.

Nach diesem tollen Erlebnis sitzen wir noch eine Weile eng umschlungen auf der Couch, und sie erzählt mir von unseren Urlauben, davon, wie sie einige Male vor Gericht als Zuschauerin anwesend war und mir bei meiner Arbeit als Anwalt zugesehen hat. Auch davon, wie ich ihr meine Eltern vorgestellt habe und sie mir ihre. Dabei erzählt sie mir auch, dass meine Eltern etwa 500 Kilometer von hier entfernt leben und sie deshalb erst ein Mal zu Besuch hier waren, während ich noch im Koma lag. Sie erzählt mir von meinen Freunden und wie ich sie ihr vorgestellt habe. Auch meine Freunde seien während meiner Komazeit zu Besuch hier gewesen.

Irgendwann fällt ihr ein, dass sie ja ein Fotoalbum mitgebracht hat. Wir sehen es uns gemeinsam an. Sie erzählt mir zu jedem Bild die dazugehörende Geschichte. Wir beide haben die Hoffnung, dass dadurch vielleicht wieder ein paar Erinnerungen zurückkommen. Vielleicht auch ein paar mehr.

Die Geschichten und das Betrachten der Fotos machen mich müde. Ich lege mich also nach einiger Zeit wieder ins Bett. Sie setzt sich neben mich auf einen Stuhl und hält noch lange meine Hand. Als sie gehen muss, küssen wir uns zum Abschied und sagen uns, wie sehr wir die gemeinsame Zeit heute genossen haben.

Ich denke an diesem Nachmittag noch lange über die Fotos nach, die sie mir gezeigt hat. Darüber, wie wenig ich über unser gemeinsames Leben weiß. Ich mache mir Gedanken darüber, wie sehr Menschen doch vom Lauf der Zeit abhängig sind, als mir ein Gedanke kommt:

Was, wenn ich die Zeit selbst zurücklaufen lassen würde, um herauszufinden, was genau passiert ist? Herauszufinden, wer meinem Körper derart zugesetzt hat, dass er im Krankenhaus gelandet ist. Ich könnte das dann der Polizei genau erklären und bekäme vielleicht den erhofften Polizeischutz. Ich habe keine Ahnung, ob ich fähig bin, die Zeit zu manipulieren, doch es ist das einzige, was mir noch einfällt, also will ich es zumindest versuchen.

Wenn ich als Geistwesen im Raum reise, also zum Beispiel vom Krankenhauszimmer durchs Fenster hinaus und über dem Park schwebe, so funktioniert das, indem ich daran denke, dass ich genau das tun möchte, und dann passiert es. Was, wenn ich genau dasselbe in Bezug auf die Zeit versuchen würde?

Ich probiere das jetzt einfach mal aus. Zuerst mit etwas Einfachem. Vielleicht nur ein paar Minuten in die Vergangenheit reisen, oder erst einmal so weit, bis die Zeit erreicht ist, als Barbara sich heute von mir verabschiedet hat.

Wieder begebe ich mich in Trance. Als das geschafft ist, stelle ich mir die Situation vor, als meine Freundin noch im Zimmer war und mit mir gesprochen hat, kurz vor unserer Verabschiedung. Ich will, dass sich die Zeit genau zu diesem Moment hin verändert. Ich warte eine Weile und beobachte, ob etwas passiert. Es tut sich nichts. Entweder kann ich nicht in der Zeit reisen, oder ich mache etwas falsch.

Ich überlege … Der Aufbau meiner Muskeln hat neben den Gedanken daran auch die Kommunikation mit den Zellen der

Muskeln benötigt. Vielleicht ist das beim Reisen durch die Zeit auch vonnöten.

Also noch einmal. Ich stelle mir die entsprechende Situation vor und sende in Gedanken die Bitte aus, dass sich die Zeit zu diesem Punkt ändern möge. Während ich das tue, beobachte ich, was passiert.

Die ersten Sekunden geschieht nichts. Ich möchte schon aufgeben, als sich plötzlich mein Körper ohne mein Zutun bewegt. Er macht genau dieselben Bewegungen, die ich noch vor ein paar Minuten, vor meiner Trance, gemacht habe – nur rückwärts! Ich sehe auf die Uhr. Der Minutenzeiger bewegt sich ebenfalls ganz langsam rückwärts. Die Zeit wird also tatsächlich zurückgedreht! Ich schaue mir das Geschehen noch eine Weile an, denn ich will sichergehen, dass die Zeit wirklich bis zum Verabschieden meiner Freundin zurückgedreht wird.

Plötzlich geht die Türe auf, und meine Freundin kommt rückwärts gehend ins Zimmer. Sie hat den Oberkörper leicht vorgebeugt, als würde sie eigentlich vorwärtsgehen. Als sie bei meinem Körper am Bett angekommen ist, wird seine Hand in ihre gesogen. Nun bleibt das Geschehen stehen.

Barbara hält die Hand meines Körpers in ihrer und hat die Lippen leicht geöffnet, als würde sie gerade etwas sagen. Der Minutenzeiger der Uhr steht ebenfalls still. Das war genau der Moment, den ich vorhin im Sinn hatte als der Zeitpunkt, bis zu dem die Zeit zurückgedreht werden sollte. Es hat also funktioniert!

Nun möchte ich noch wissen, ob es auch funktioniert, die Zeit wieder vorwärtslaufen zu lassen. Wieder stelle ich mir gedanklich die Situation vor, zu der ich vorhin die Zeit rückwärts laufen lassen wollte, und bitte die Zeit, sich zu diesem Zeitpunkt zu verändern.

Und tatsächlich passiert wieder etwas. Meine Freundin und der Minutenzeiger beginnen, sich wieder zu bewegen, und zwar vorwärts diesmal. Barbara lässt die Hand meines Körpers los und geht in Richtung Türe. Mein Körper vollzieht noch ein paar Bewegungen, bis er in der richtigen Zeit angekommen ist, und stoppt wieder. Der Test war also in beide Richtungen erfolgreich.

Jetzt zurück zu dem Zeitpunkt, an dem mein Körper verprügelt wurde.

Ich stelle mir nun also die Zeit vor, kurz bevor mein Körper zusammengeschlagen worden ist, und bitte die Zeit wieder, sich zu verändern.

Wieder sehe ich zu, wie sich mein Körper und der Minutenzeiger bewegen. Der Zeiger dreht sich langsam entgegen seiner üblichen Richtung und mein Körper bewegt sich ebenfalls zurück in der Zeit. Allerdings fällt mir auf, dass die Geschwindigkeit, in der die Zeit rückwärtsläuft, dieselbe ist, in der sie normalerweise vorwärtsläuft. Weil ich zu einem weiter entfernten Zeitpunkt zurückreisen möchte, brauche ich einen etwas schnelleren Rückwärtsgang. Ich konzentriere mich also darauf, die Geschwindigkeit zu erhöhen und bitte die Zeit erneut, meinen Wunsch umzusetzen. Nach ein paar Momenten bewegt sich die Szenerie tatsächlich merklich schneller. Ich mache das noch ein paar Mal, bis die Reisegeschwindigkeit schnell genug ist.

Mein Körper verlässt immer wieder rückwärts den Raum und kommt dann wieder herein, Barbara genauso. Irgendwann werden die Pflaster auf das Gesicht und den restlichen Körper geklebt und kurz danach gegen Verbände ausgetauscht. Bald ist das Gesicht fast vollständig verdeckt, und die medizinischen Geräte sind an meinen Körper angeschlossen. Ärzte kommen ins Zimmer und gehen wieder. Der Körper wird samt Bett für Untersuchungen aus dem Zimmer hinaus- und wieder hineingeschoben. Besucher kommen und gehen. Irgendwann wird der Körper aus dem Zimmer geschoben und nicht mehr zurückgebracht.

Ein paar Sekunden vergehen, bis mir klar wird, dass dies der Tag sein muss, an dem der Körper eingeliefert wurde. Also der Tag der Prügel! Das heißt, ich muss bei meinem Körper bleiben und darf ihn nicht verlieren!

Ich schwebe also durch die geschlossene Zimmertüre auf den Gang. Zu meinem Entsetzen sehe ich den Körper nirgendwo. Habe ich zu lange gewartet?

Ich muss versuchen, ihn wiederzufinden!

Nach ein paar Minuten erfolglosem Suchen beschließe ich, mich zum Haupteingang des Krankenhauses zu begeben. Irgendwann muss der Körper schließlich dort erscheinen. Ich schwebe also zurück in mein Zimmer und durch das Fenster bis zum Haupteingang. Nun befinde ich mich über dem Park. Die dort anwesenden Menschen verrichten ihr Tun ebenfalls rückwärts. Diejenigen, die auf dem Weg irgendwohin sind, gehen mit leicht vorgeneigtem Körper rückwärts. Eine alte Frau sitzt auf einer Parkbank und füttert Tauben mit alten Brotstücken. Auch dies geschieht rückwärts: Die Tauben nehmen die Brotstücke nicht auf, um sie zu fressen, sondern legen diese auf den Boden und stolzieren rückwärts weiter. Andere Besucher gehen mit ihren Hunden rückwärts spazieren. Auch die Autos und Motorräder auf der Straße fahren rückwärts.

Während die Zeit immer weiter zurückgedreht wird und ich auf meinen Körper warte, fährt ein Rettungswagen rückwärts mit Blaulicht aus dem hinteren Bereich des Krankenhauses und setzt seinen Weg Richtung Innenstadt fort. Meinen Körper aber sehe ich nirgends! Er sollte mittlerweile am Haupteingang angekommen sein.

Weil mir nichts Besseres einfällt, durchsuche ich das Krankenhaus nach Seiteneingängen. Vorhin habe ich einen Krankenwagen wegfahren sehen, was bedeutet, dass zumindest ein Notfalleingang für Fahrzeuge existieren muss.

Zeitgleich mit diesem Gedanken wird mir plötzlich klar, dass mein Körper wahrscheinlich mit dem Krankenwagen, der vorhin aus dem Krankenhaus gefahren ist, dieses verlassen hat. Ich beschließe also, den Krankenwagen zu verfolgen. Doch dieser ist bereits außer Hörweite. Mir fällt ein, dass ich vorhin bemerkt habe, dass der Wagen Richtung Innenstadt unterwegs war. Also fliege ich nun mit hoher Geschwindigkeit auch in diese Richtung.

Um ihn schneller zu finden, halte ich die Zeit an. Als ich den Wagen erreicht habe, lasse ich sie wieder rückwärts weiterlaufen und verfolge ihn.

Irgendwann hält der Wagen an einem großen Platz. Viele Leute gehen geschäftig ihrer Wege, natürlich rückwärts. Zwei Rettungssanitäter und ein Arzt steigen rückwärts aus der Fahrerkabine des Rettungswagens und laden meinen Körper aus. Dieser liegt auf einer Trage und sieht furchtbar aus, seine Kleidung und sein Gesicht sind voller Blut, und das Gesicht ist stark geschwollen.

Die Sanitäter rollen die Trage samt Körper rückwärts über den großen Platz in eine Seitengasse. Rückwärts laufende Passanten würdigen das Treiben mit einem kurzen Blick und setzen ihren Weg dann fort. In einer Gasse angekommen, lassen die Sanitäter die Trage auf Bodenhöhe herunter und heben den Körper auf den Asphalt. Der Arzt kniet sich zu ihm herunter und prüft offenbar seine Verletzungen. Nach einigen Sekunden erhebt er sich wieder, Arzt und Sanitäter gehen rückwärts zum Wagen und fahren, auch wieder rückwärts, mit Blaulicht davon.

Ich bleibe vor Ort. Ich will wissen, wer dem Körper das angetan hat und warum. Dazu muss ich warten, bis die Zeit so weit zurückgedreht wurde, dass die Täter zum Körper zurückkommen.

Einige Sekunden lang erscheint niemand, und das Treiben auf dem großen Platz geht munter rückwärts weiter. Dann kommt rückwärts eine Gestalt, den Hinterkopf mit einer Kapuze und einem als Dreieck geformten Tuch vermummt, das den Hals, die Nase und den Mund verdeckt. Der Schnitt seiner Kleidung, seine Bewegungen und sein Gang deuten darauf hin, dass es sich um einen Mann handeln könnte.

Er holt ein Gerät aus seiner Jackentasche und drückt etwas darauf. Dann hält er es sich ans Ohr, schiebt die Vermummung seines Mundes zur Seite und spricht, also handelt es sich bei dem Gerät anscheinend um ein Telefon. Ich kann nicht verstehen, was er sagt, denn er spricht rückwärts. Nach einer Reihe von Sätzen drückt er ein paar Tasten auf dem Telefon und steckt es wieder zurück in seine Tasche. Währenddessen kommen rückwärts zwei weitere vermummte Gestalten, anscheinend auch Männer. Er sagt etwas zu ihnen, natürlich ebenfalls rückwärts. Dann fängt einer von ihnen an, den Körper zu treten. Die anderen beiden beteiligen sich nach ein paar Sekunden auch daran. Alle drei treffen mit ihren Füßen die Brust, den Bauch und das Gesicht. Am Gesicht erkennt man, dass die Zeit rückwärts läuft, denn die Verletzungen werden weniger. Nach einigen Tritten und Schlägen, mein Körper steht mittlerweile wieder aufrecht und ist nicht mehr verletzt, wird er von einer der Gestalten mit einem Arm umarmt und mit Nachdruck rückwärts aus der Gasse geführt. Der Körper hat die Schultern angehoben, als wolle er sich unbewusst vor der Umarmung des Vermummten schützen. Der Vermummte sagt etwas zu ihm, was ich leider auch nicht verstehen kann. Nun bewegen sich alle anderen rückwärts aus der Gasse. Der Mann, der meinen Körper aus der Gasse führt, gestikuliert und redet weiter mit ihm. Etwa in der Mitte des großen Platzes angekommen, lässt er den Körper los, und alle drei Vermummten entfernen sich. Sie schieben ihre Kapuzen nach hinten und drücken die Halsbänder nach unten, sodass die Gesichter sichtbar werden. Überrascht erkenne ich bei einem der Männer das Gesicht desjenigen, der mich im Krankenhaus besucht hat. Ich hatte mir ja bereits gedacht, dass er irgendetwas mit dem Koma meines Körpers zu tun haben muss. Hier ist die Bestätigung! Alle drei gehen mit größer werdender Geschwindigkeit rückwärts in die Gegenrichtung des Körpers.

Hier muss ich nun den Zeitfluss umkehren und die Zeit wieder vorwärts laufen lassen, denn hier werde ich vermutlich erfahren, warum das Ganze passiert ist und wer diese Kerle sind. Ich lasse die Zeit also wieder in normaler Geschwindigkeit vorwärtslaufen und beobachte, was passiert.

Die drei Gestalten vermummen sich wieder und kommen schnellen Schrittes zum Körper zurück, nun in gewohnter Weise vorwärts. Eine der Gestalten hebt den Arm und umarmt ihn. Mein Körper reagiert überrascht und verwundert. Er fragt:

„Was …?" Er sieht sich um und erblickt die beiden anderen Gestalten.

„Du hast Moe vor Gericht vertreten, oder?", fragt die ihn umarmende Gestalt.

Mein Körper ist verwirrt: „Was? Vor Gericht? Kann sein … Wer ist Moe?"

„Mohamed Shenko! Du hast ihn doch vor Gericht vertreten … oder nicht?", fragt der Umarmende nochmals.

„Mohamed Shenko?", vergewissert sich der Körper, immer noch sichtlich verwirrt und überrascht. Doch langsam erkennt er, wer gemeint ist.

„Ach ja! Den habe ich vertreten. Wegen Drogenhandels, wenn ich mich recht erinnere."

Während er redet, versucht er, sich aus der Umarmung zu befreien. Der Umarmende jedoch bleibt hartnäckig. Während er mit ihm redet, schiebt er ihn in Richtung Gasse, aus der sie zuvor, als die Zeit rückwärts lief, herausgekommen waren.

„Warum wollt ihr das wissen?", fragt mein Körper.

Der Umarmende antwortet nicht und sagt stattdessen vorwurfsvoll:

„Tja, du hast Mist gebaut! Er wurde schuldig gesprochen!"

„Die Beweise waren ja auch erdrückend. Da konnte ich auch nichts mehr machen", verteidigt sich der Körper, der mittlerweile in Begleitung der drei Gestalten am Eingang der kleinen Gasse angekommen ist. Der Umarmende wird wütend und schiebt den Körper in die Gasse.

„Deine Aufgabe war es, zu erreichen, dass er freikommt. Das hast du nicht geschafft, dafür musst du jetzt bezahlen!"

Er schlägt meinem Körper die geballte Faust in den Bauch, der vor Schmerzen schreit und gekrümmt zu Boden fällt. Mein Körper bleibt zusammengekauert dort liegen und wimmert. Die Angreifer setzen nach. Einer prügelt mit den Fäusten auf sein Gesicht ein, und sobald mein Körper die schützende gekrümmte Haltung verlässt, um sein Gesicht vor den Angriffen zu schützen, setzt ein anderer mit Tritten in den Bauchraum und die Brust sowie auf andere Körperstellen nach.

Auf diese Weise bearbeiten alle drei immer wieder ihr Opfer. Irgendwann hört man von meinem Körper keine Schreie und kein Wimmern mehr, vermutlich ist er inzwischen bewusstlos.

„Okay Leute, aufhören!", sagt plötzlich der zuvor Umarmende. „Wir wollen ihn nicht töten. Er soll nur merken, dass er das nächste Mal bessere Arbeit zu machen hat."

Die Angreifer lassen vom Körper ab.

„Also gut, dann los jetzt zum Fluchtauto! Und werdet eure Kleidung, wie besprochen, los!", weist er seine Kollegen an.

Die zwei verlassen die Gasse. Er bleibt zurück, holt sein Telefon aus der Jackentasche, wählt eine Nummer und wartet darauf, dass sein Gegenüber abhebt.

„Hallo, ich bin gerade bei der Bertholdgasse 4 vorbeigegangen, dort liegt jemand blutüberströmt am Boden", sagt er schließlich mit teilnahmsloser Stimme und fügt ein paar Sekunden später hinzu:

„Leider kann ich Ihnen nicht mehr sagen. Ich bin spät dran", drückt eine Taste und lässt das Telefon wieder in seiner Tasche verschwinden, während er die Vermummung über seinen Mund fallen lässt. Dann verlässt auch er die Gasse.

Nun habe ich erfahren, was ich wissen wollte, und spule die Zeit wieder zur Gegenwart vor.

Dort angekommen, liegt mein Körper wieder im Bett, so wie zu Beginn der Reise, und ich beende die Trance.

Wieder in meinem Körper angekommen, nehme ich die Visitenkarte des Polizisten und das Telefon vom Kästchen neben meinem Bett zur Hand, wähle die Nummer und warte, dass abgehoben wird.

„Chefinspektor Rudolf Mayer", meldet sich eine Stimme.

„Grüß Gott, Herr Wachtmeister! Hier ist Wilhelm Steiner. Es geht um den Angriff auf mich. Sie wollten, dass ich Sie anrufe, falls mir wieder etwas einfällt."

Kurzes Schweigen am anderen Ende der Leitung, dann fällt dem Wachtmeister wohl ein, wer ich bin.

„Ah, ja! Grüß Gott, Herr Steiner!", begrüßt er mich. „Einen Moment Geduld, bitte!"

Er durchwühlt hörbar irgendetwas und sagt schließlich:

„Alles klar, danke fürs Warten. Es kann losgehen. Erzählen Sie mir bitte, woran Sie sich erinnern."

Ich schildere ihm das Erlebte so, als ob es aus meiner Erinnerung käme. Alle Informationen über die Zeitreise lasse ich weg. Ich will ja, dass er mir glaubt und nicht gleich wieder auflegt. Er hat zwischendurch und nach meiner Erzählung einige Fragen, die ich zu beantworten versuche. Irgendwann hat er alles, was er benötigt ... Was den Polizeischutz betrifft, so sagt er mir, sei eine Prüfung der Unterlagen nötig, und das werde zumindest ein paar Stunden, aber bei einem negativen Bescheid auch ein paar Tage in Anspruch nehmen. Außerdem sei meine Unterschrift nötig, weshalb er morgen Vormittag ins Krankenhaus kommen werde. Danach verabschiedet er sich und legt auf.

Jetzt, da die Polizei alle Informationen hat und zumindest die Anzeige schreiben kann, werde ich etwas ruhiger. Dennoch ist die Wahrscheinlichkeit gegeben, dass ich keinen Polizeischutz erhalte, worauf ich, spätestens wenn ich aus dem Krankenhaus entlassen werde, vorbereitet sein muss. Mich wieder normal bewegen zu können, wäre ein guter Anfang, aber als Vorbereitung für meine Situation zu wenig. Ich muss verhindern können, dass mich jemand körperlich angreift.

Mein Plan ist, zukünftig die eine Tageshälfte mit körperlichem Training zu verbringen und die andere damit, meine Geistesfähigkeiten zu trainieren. Wenn es mir gelingt, durch die Zeit zu reisen, dann muss es mir auch möglich sein, mich vor Angriffen schützen zu können.

Spätestens bei meiner Entlassung aus dem Krankenhaus möchte ich körperlich vollständig genesen sein und einen ordentlichen Bestand an Geistesfähigkeiten aufweisen können, um mich zukünftig vor solchen Übergriffen zu wappnen.

Es ist nun Nachmittag. Die Zeiger der Uhr stehen auf 04:30. Ich sehe auf den Therapieplan und bemerke, dass für heute keine Therapie angesetzt ist. Das erklärt auch,

warum mich bisher kein Pfleger abgeholt
hat.

Weil ich mich bewegen und nicht die
ganze Zeit im Bett verbringen will,
beschließe ich, den Rest des Tages im
Zimmer und auf dem Gang auf- und abzugehen, um meine Beine zu trainieren.
Wenn ich eine Pause brauche, lese ich eine
Weile in den Kurzgeschichten und setze
dann mein Training fort.

Bei einem der Gangbesuche gibt mir ein
Pfleger ein Schriftstück, in dem ein Termin
für mich bei Doktor Koller am nächsten
Tag um neun Uhr vormittags festgelegt ist.

Als ich die Zeilen gelesen habe, falte ich
den Zettel einmal in der Mitte und lege
ihn auf den Stuhl vor meinem Zimmer.

Ich bin überrascht! Was könnte Doktor
Koller mit mir besprechen wollen? Üblicherweise kommt er direkt zu mir ans
Bett, wenn es etwas zu bereden gibt. Vielleicht hat er, aufgrund meiner großen Fortschritte, den Therapieplan verändert und
möchte den neuen Plan nun mit mir
besprechen. Das wird es sein.

Ich verbringe den Rest des Tages damit, meinem Plan zu folgen und den Gang auf- und abzugehen, mit Pausen, wenn es mir zu anstrengend wird und wenn es Essen gibt, versteht sich.

Kapitel 3:

Entlassung

Der nächste Tag beginnt wie üblich mit Morgenhygiene und Frühstück. Danach ist geistiges Krafttraining an der Reihe. Doch bevor ich mich in Trance begebe, überlege ich, welche Kräfte ich sinnvoll einsetzen könnte, um mich zu verteidigen. Welche Kräfte würden mir nach meiner Entlassung helfen, meine körperliche Unversehrtheit zu gewährleisten?

Gut wären so etwas wie ein Schutzschild, um mich zu verteidigen, und irgendeine Angriffsmöglichkeit, um zurückzuschlagen ... Zuerst kümmere ich mich um das Schild:

Ich versetze mich in Trance.

Jetzt ist es Zeit, um zu experimentieren. Wie könnte ein solches Schild funktionieren?

Logisch nachgedacht, könnte es gelingen, indem ich die Luft in einem bestimmten Bereich verdicke, sodass sie dort schwerer als üblicherweise zu durchdringen ist. Das würde die Angreifer zwar nicht aufhalten, aber zumindest behindern und die dadurch entstandene Zeit könnte ich dazu nutzen, um zu fliehen.

Ich versuche es also und konzentriere mich auf einen handgroßen Bereich direkt vor meinen Körper auf Brusthöhe und versuche, die dortige Luft in sinnvoll kleinen Einheiten zu analysieren. Als das gelungen ist, möchte ich diese Einheiten duplizieren.

Wieder ist es, als wüsste ich, was dafür nötig ist. Ähnlich wie beim Energietransfer von mir zu Barbara vor ein paar Tagen setze ich meine Energie ein, um diese kleinen Lufteinheiten ein paar Minuten lang zu vervielfältigen.

Um das Ergebnis zu testen, muss ich einen beliebigen Teil meines Körpers einsetzen. Die Hand scheint mir dazu am besten geeignet, und so versuche ich, sie zu bewegen, doch sie rührt sich nicht, weil ich in Trance und damit losgelöst von meinem Körper bin. Die Trance zu beenden, um es zu testen und mich danach wieder in Trance zu versetzen, scheint mir zu aufwändig zu sein, deshalb versuche ich, nur einen Teil meines Körpers aus der Trance zu lösen, und zwar meinen Arm und meine Hand.

Ich setze dazu dieselbe Technik ein, die mich sonst vollständig aus der Trance erwachen lässt, diesmal aber nur auf den Arm und die Hand bezogen.

Es ist ein seltsames Gefühl, nur eine Hand und einen Arm zu spüren – als würde mein Körper nur daraus bestehen.

Nun aber zurück zum Schutzschild. Ich drücke mit der Hand gehen den Bereich, an dem sich das Schutzschild befinden sollte und tatsächlich ... Meine Hand drückt spürbar etwas weg, der Widerstand ist aber viel zu leicht zu durchdringen. Also dupliziere ich noch einige Minuten weiter und teste das Ergebnis erneut. Der Widerstand des Schildes ist nun größer als zuvor, aber noch immer nicht groß genug.

Nach einigen weiteren Versuchen bin ich für heute relativ zufrieden. Ich brauche doch einiges an Muskelkraft, um die Luftsperre zu überwinden, was mir im Ernstfall zumindest Zeit verschaffen sollte.

Als nächstes möchte ich mir eine Fähigkeit aneignen, die als Angriff verwendbar ist. Das Erste, das mir dazu einfällt, ist, Gegenstände durch die Luft fliegen zu lassen und sie so zu einem Geschoss zu machen. Leider habe ich im Moment keine Idee, wie das umzusetzen sein könnte, also beende ich die Trance, nehme mir aber vor, es später noch einmal zu versuchen. Anstatt den Angriff jetzt zu trainieren, beginne ich also mit dem körperlichen Training. Dazu gehe ich wieder im Gang vor meinem Zimmer auf und ab.

Irgendwann bin ich zu müde, um mich zu bewegen und lege mich zum Ausruhen ins Bett, bis mich der Pfleger weckt. Er hat einen Rollstuhl dabei.

„Ich weiß, dass Sie den Rollstuhl nicht unbedingt brauchen, Herr Steiner, aber bitte setzen Sie sich trotzdem, damit wir schneller vorankommen, denn der Arzt wartet nicht gerne. Er hat viel zu tun", sagt er und unterstreicht seine Worte mit einer Handbewegung. Ich tue ihm den Gefallen und lasse mich zum Termin fahren.

Als wir beim Zimmer des Arztes eintreffen, klopft der Pfleger an dessen Türe. Doktor Koller öffnet kurz darauf und bittet mich herein.

„Grüß Gott, Herr Steiner. Ich habe bereits von Ihren Wahnsinnsfortschritten gehört! Bitte kommen Sie herein."

Er zeigt mit der offenen Hand auf einen leeren Platz vor seinem Schreibtisch. Der

Pfleger fährt mich dorthin und verlässt das Zimmer. Der Arzt nimmt auf seinem Stuhl hinter dem Schreibtisch Platz.

„Herr Steiner, wie geht es Ihnen?", beginnt er das Gespräch.

„Mit dem Gehen und meinen Händen recht gut, danke! Und es geht täglich besser", berichte ich stolz.

„Wie geht es mit Ihren Erinnerungen?", fragt der Arzt.

„Damit geht's leider immer noch sehr schlecht ...", antworte ich ihm, „Einige Dinge weiß ich wieder, aber an mein Leben kann ich mich noch immer nicht erinnern."

„Machen Sie sich damit bitte keinen Stress, denn das verzögert den Prozess. Was helfen kann, sind Bilder, Fotos oder Geräusche, die Ihnen von früher vertraut sind. Aber noch einmal! Machen sie sich keinen Stress damit. Je ruhiger Sie sind, desto besser werden Sie sich erinnern können", sagt er.

Nach einer kurzen Pause, er bedient währenddessen den Computer auf seinem Schreibtisch, spricht er weiter: „Herr Steiner, ich denke, dass es für Ihre weitere Genesung gut wäre, wenn Sie sich in gewohnter Umgebung aufhalten würden. Die Geräusche, Düfte, die Umgebung selbst, Menschen, die Sie kennen, all diese Dinge können Erinnerungen wachrufen. Ich würde Sie deshalb gerne morgen oder übermorgen entlassen. Sie würden die Gehhilfe, die Sie bereits verwenden, mit nach Hause nehmen, und eine Rufhilfe. Das ist ein Gerät, das wie eine Uhr an Ihrem Handgelenk befestigt wird und mit einem Druckknopf ausgestattet ist. Wenn Sie den Knopf drücken, wird die Rettung verständigt, die dann zu Ihnen nach Hause kommt und ihnen hilft, sollten Sie zum Beispiel stürzen oder etwas Ähnliches passieren. Zudem haben sie ja, so weit ich weiß, eine Freundin zu Hause, die Sie unterstützen kann."

Es überrascht und schockiert mich, dass er mich schon entlassen möchte. Nicht, weil ich glaube, körperlich noch nicht so weit zu sein, sondern weil ich noch ein paar Tage brauche, um meine Geistesfähigkeiten zu verbessern.

Ich muss den Arzt irgendwie dazu bringen, mich noch ein oder zwei Tage im Krankenhaus zu behalten, ohne ihm von meinen besonderen Fähigkeiten zu berichten.

„Sie wollen mich entlassen? Jetzt schon? Es ist doch noch nicht mal eine Woche her, dass ich aus dem Koma aufgewacht bin. Ist das nicht zu früh?"

„Ich denke nicht. Sie können ja ohnehin jederzeit die Rufhilfe nutzen, falls Sie zu Hause Probleme haben sollten", lautet seine knappe Antwort.

„Wie lange kann ich noch hierbleiben?", möchte ich wissen.

„Nun, ich werde heute noch den Arztbrief schreiben. Spätestens morgen müssen Sie sich in der Verwaltung abmelden, und dann sind Sie offiziell aus dem Krankenhaus entlassen", erklärt er.

Nachdenklich sitze ich da und schweige.

„Haben Sie noch Fragen?"

Völlig in mich versunken, schüttle ich den Kopf.

„Sehr gut! ... Herr Steiner, viel Erfolg mit Ihrer Genesung und alles Gute!"

Er gibt mir die Hand und ruft den Pfleger, der mich mitsamt dem Rollstuhl zurück ins Zimmer bringt. Dort angekommen, begebe ich mich wieder ins Bett. Ich bin frustriert, denn der Schock, spätestens morgen entlassen zu werden, sitzt tief. Sobald Barbara mich heute besucht, werde ich ihr die Neuigkeiten mitteilen. Jetzt will ich aber erst einmal ins Bett und den Schock verdauen.

Im Bett liegend, wälze ich mich immer wieder von einer Seite auf die andere. Meine Gedanken finden keine Ruhe, weil ich immer wieder an das belauschte Gespräch und daran, morgen entlassen zu werden, denken muss.

Ich beruhige mich selbst, indem ich mir von neuem vornehme, mein Schutzschild so schnell und so stark wie möglich aufzubauen.

Nach einer Weile klopft es an der Türe und Barbara kommt herein. Sie lächelt breit, als sie mich sieht, kommt ans Bett und küsst mich.

„Hallo, Liebling!"

Ich begrüße sie ebenfalls und umarme sie. Es freut mich sehr, dass sie hier ist, jetzt kann ich ihr von meiner bevorstehenden Entlassung erzählen.

„Wie geht es dir?", fragt sie mich.

„Naja, geht so", antworte ich. „Ich werde morgen entlassen. Das habe ich vorhin erfahren, aber ich bin noch nicht dazu bereit. Ich würde gerne noch ein paar Tage hierbleiben."

Sie rückt sich einen Stuhl zurecht und setzt sich neben mein Bett.

„Wieso wirst du denn nach so kurzer Zeit schon entlassen? Du bist doch erst vor ein paar Tagen aus dem Koma erwacht?!"

„Das habe ich dem Arzt auch gesagt! Aber er ist der Meinung, dass ich ausreichend genesen bin und meine Erinnerungen zu Hause wahrscheinlich schneller wiederkommen als hier im Krankenhaus", erkläre ich ihr.

Sie nimmt meine Hand und denkt über meine Worte nach.

„Mir kommt das trotzdem voreilig vor", sagt sie schließlich.

„Wenigstens entlässt mich der Arzt nicht völlig hilflos. Ich bekomme die Gehhilfe, die ich hier schon nutze, mit nach Hause, und auch eine Rufhilfe."

„Eine Rufhilfe?", fragt sie. „Was ist das?"

„Der Arzt hat gesagt, das sei ein Druckknopf, der wie eine Uhr am Handgelenk befestigt werde und mit dem ich, wenn ich zum Beispiel stürze, die Rettung verständigen könne, die mir dann vor Ort hilft."

„Immerhin etwas", sagt sie. „Aber wenn du morgen schon heim musst, heißt das auch, dass du zu Hause Hilfe brauchen wirst. Soll ich mir ein paar Tage frei nehmen?"

„Ich glaube, dass das nicht nötig ist. Körperlich geht's mir definitiv gut genug, um alleine zurechtzukommen ...", ich stocke mitten im Satz.

Auch wenn ich ihr unbedingt von meinen Fähigkeiten und meiner bevorstehenden Entführung erzählen will, habe ich immer noch Angst vor ihrer Reaktion, und wenn ich nun weiterrede, muss ich ihr davon erzählen. Sie wird dann sicherlich wissen wollen, wie ich darauf komme, dass mir noch einmal Gewalt droht, woraufhin ich ihr von meinen Fähigkeiten als Geistwesen erzählen muss ... Aber will ich das?

Ihre Augen verändern sich, sie erwartet wohl, dass ich weiterrede, also bleibt mir nur, nun doch davon zu erzählen ...

„Aber zu Hause bin ich nicht vor weiteren Angriffen sicher. Diejenigen, die mich damals ins Koma geprügelt haben, haben vor, mich zu entführen!"

Sie sieht mich ungläubig an.

„Woher weißt du das? Die Polizei weiß ja nicht einmal, wer das genau war."

„Weil ich die Möglichkeit hatte, die Verbrecher zu belauschen, als sie mit der Planung dieses neuen Angriffs auf mich beschäftigt waren", erkläre ich ihr.

Sie sieht mich weiter ungläubig an.

„Du konntest sie belauschen? Etwa hier im Krankenhaus? Und woher weißt du, dass das diejenigen waren, die dich angegriffen haben?"

Ich erzähle Barbara alles von Anfang an. Davon, wie ich zum ersten Mal meine Fähigkeiten in Trance entdeckt und benutzt habe, um meine Beinmuskeln zu heilen, wie ich meinen Besucher als Geistwesen verfolgt und das Gespräch belauscht habe und wie ich nun dabei bin, mir schützende Geistesfähigkeiten anzueignen und solche, die ich als Waffe benutzen kann.

Als ich mit meiner Erzählung fertig bin, sehe ich in ihr Gesicht und vermute, völligen Unglauben darauf zu erkennen.

„Moment! Moment!" Sie hebt abwehrend ihre Hände und sieht mich fragend an ... Als hätte sie in meinem Gesicht die Antwort nicht gefunden, fragt sie schließlich:

„Ist das ein Scherz? Mach nicht solchen Unsinn mit mir! Das ist nicht lustig!"

„Nein, das ist kein Scherz!", sage ich mit Nachdruck, worauf sie die Arme vor ihrer Brust verschränkt.

„Du willst mir also weismachen, dass du deinen Körper verlassen kannst? Du kannst dich selbst heilen?", fragt sie verärgert.

Anscheinend glaubt sie mir nicht.

„Beweise es mir!", sagt sie plötzlich. „Beweise mir, dass du diese Fähigkeiten wirklich hast!"

Doch wie soll ich ihr das beweisen?

Vielleicht, indem ich ein Schutzschild direkt vor ihr erstelle. Wenn sie merkt, dass vor ihr ein Widerstand in der Luft ist, wird sie sicherlich überzeugt sein.

Ich sage ihr, dass ich nun Ruhe brauche, und versetze mich in Trance. Danach manifestiere ich direkt vor ihr ein körpergroßes Schutzschild, entlasse den unteren Teil des Kopfes meines Körpers aus der Trance, sodass ich mit ihr reden kann, und sage: „Ich habe ein Schutzschild vor dir erstellt. Du solltest dort einen Widerstand spüren."

Mich in Trance zu versetzen, hat etwas gedauert. Barbara hat offenbar nicht erwartet, dass ich jetzt mit ihr spreche, denn sie zuckt vor Schreck zusammen.

Danach beugt sie sich etwas vor, sodass sie den Bereich vor sich ertasten kann. An ihrem Gesichtsausdruck erkenne ich, dass sie nicht erwartet, tatsächlich etwas vor sich zu spüren. Sie wedelt mit einer Hand vor sich herum, woraufhin ihre Hand offensichtlich vom Schild gebremst wird. Barbara bekommt große Augen und rückt näher an das Schild heran.

„Was zum … " Sie spricht den Satz nicht zu Ende. Ihre Augen wandern einige Mal abwechselnd zu mir und wieder zurück zum Schutzschild, um nochmals den Widerstand zu testen.

„Wie … wie machst du das?"

Weil es jetzt viel zu langwierig wäre, ihr das zu erklären, sage ich nur:

„Ich erzähle dir das morgen zu Hause. Bis dahin will ich noch versuchen, so viel wie möglich zu trainieren und an meinen Geistesfähigkeiten zu arbeiten."

Sie nickt verständnisvoll.

„Das ergibt natürlich Sinn! Kann ich denn zu Hause irgendetwas tun, damit du sicherer bist?"

Ich überlege ein paar Sekunden, dann schüttle ich den Kopf:

„Ich glaube nicht. Zumindest fällt mir im Moment   nichts ein."

„Dann werde ich zumindest den Code der Alarmanlage ändern. Vielleicht bringt das ja was."

Ich habe zwar keine Ahnung, was sie mit Alarmanlage meint, nicke aber trotzdem. Weil ich das Wort Alarm kenne, kann ich mir vorstellen, was sie mir damit sagen will.

Während sich Barbara zum Gehen bereit macht, fragt sie:

„Wann soll ich dich denn morgen eigentlich abholen?"

Nach kurzem Überlegen antworte ich:

„Ich will noch ausschlafen und werde mich danach abmelden. Das Mittagessen werde ich noch im Krankenhaus zu mir nehmen, und dann bin ich bereit."

„Alles klar, dann werde ich dich so gegen ein Uhr am Nachmittag abholen."

Ich bin einverstanden und nicke.

Kurz bevor sie aus der Türe ist, fragt sie noch:

„Soll ich dir gleich noch etwas zum Anziehen von zu Hause mitbringen? Für die Heimfahrt?"

Wieder überlege ich kurz.

„Ja, bitte. Einfach eine halbwegs brauch-
bare Hose und etwas für den Oberkörper.
Du findest da schon was."

„Wirklich? Irgendwas? Normalerweise bist
du doch so eitel!"

Wieder ein Wort, das ich nicht verstehe.
Eitel.

Ich beschließe, sie nicht danach zu
fragen, was das Wort bedeutet, sondern
sage nur:

„Im Moment will ich einfach nur nach
Hause und dort in Sicherheit sein ..."

Nachdem Barbara gegangen ist, will ich
mich etwas ausruhen und lese dazu wieder
in den Kurzgeschichten. Irgendwann vor
dem Mittagessen kommt der Polizist und
holt sich meine Unterschrift ab, so wie am
Vortag abgemacht.

Den Nachmittag und Abend verbringe ich
damit, meine Muskeln zu trainieren, mein
Schutzschild zu verbessern und mich zwischendurch immer wieder auszuruhen.

Leider stellt sich bei der Verbesserung
des Schutzschildes heraus, dass es bei der
Idee, die Lufteinheiten immer dichter
zueinander zu platzieren, um die Mauer
stabiler werden zu lassen, eine Grenze zu

geben scheint. Ich brauche hier also dringend eine neue Idee.

An diesem Abend gehe ich früh ins Bett. Ich will das Krankenhaus endlich verlassen und mit Barbara an der Sicherung unseres Hauses und vielleicht auch gemeinsam an meinen Geistesfähigkeiten arbeiten, vielleicht hat sie ja Ideen, auf die ich im Moment nicht komme.

Nach einer sehr unruhigen Nacht, in der ich oft aufwache und mich im Bett von einer Seite auf die andere wälze, wird es langsam hell draußen. Ich versuche, zu schlafen, bis der Pfleger mir das Frühstück bringt, esse es auf, ziehe mich an, gehe duschen und mache mich auf den Weg in die Krankenhausverwaltung, um mich abzumelden.

Auf dem Weg dorthin merke ich, dass meine Beine wieder sehr gut funktionieren. Meiner Meinung nach sind sie kräftig genug, dass ich ohne Rollator gehen können müsste; das probiere ich im Krankenhaus aber nicht mehr aus. Sollte ich tatsächlich ohne Hilfe gehen können, ist es zu Hause für einen Versuch noch früh genug. Womöglich bekomme ich sonst den Rollator nicht mit nach Hause, und das ist mir zu unsicher.

Ich gehe aus dem Zimmer und halte nach dem Wegweiser Ausschau, um den richtigen Weg zur Verwaltung zu finden. Der Arzt hatte mir gestern gesagt, ich solle mich heute dort abmelden. Nachdem ich mein Zimmer verlassen habe, erblicke ich den Wegweiser auf der Wand des Ganges, ein paar Meter links von der Eingangstüre zu meinem Zimmer. Darauf aufgelistet, sind in einer zweispaltigen Liste alle Abteilungen des Krankenhauses in schwarzer Schrift auf farbigem Hintergrund, wobei jede Abteilung ihre eigene Farbe hat. Ich suche nach dem Schriftzug für Verwaltung.

Dieser ist auf grünem Hintergrund geschrieben. Also folge ich der entsprechenden Bodenmarkierung, die mich zu dem Lift führt, den ich schon oft gemeinsam mit dem Pfleger benutzt habe, und betrete ihn samt Rollator. Im Inneren bemerke ich jetzt zum ersten Mal neben den Schaltern für die Stockwerkwahl farbige Markierungen. Die sind mir bisher offensichtlich völlig entgangen. Ich wähle das Stockwerk mit der grünen Markierung und fahre ins Erdgeschoss.

Als ich den Lift verlasse, sehe ich vor mir einen langen Gang mit lauter Türen links und rechts, die mit Schildern versehen sind. Die grüne Bodenmarkierung für die Verwaltung führt ans Ende des Ganges und durch einen Durchgang, also folge ich der Markierung.

Als nächstes komme ich in eine große, mehrstöckige Halle. Die Wände sind einige Stockwerke hoch und laufen über dem gesamten Bereich zu einer Glaskuppel als Dach zusammen. Es dürfte sich dabei um die gläsernen Außenwände des Krankenhauses handeln, die ich schon als Geistwesen gesehen habe.

Ich drehe mich um und sehe eine Reihe von Stockwerken. Jedes Stockwerk in diesem Gebäude endet offenbar hier an einem Geländer aus Stein. Die verschiedenen Stockwerke sind mit einer Treppe miteinander verbunden, die ins Erdgeschoss führt und ein paar Meter neben dem Eingang des Krankenhauses endet.

Ein gutes Stück vom Eingang entfernt ist ein Informationsbereich zu erkennen, der aus einem runden Tisch besteht, in dessen Mitte sich drei Arbeitsplätze befinden. Einer davon ist von einem Mitarbeiter besetzt. Er tippt gerade konzentriert etwas in einen Computer.

Ich befinde mich jetzt, nach der Markierung an den Wänden zu urteilen, im Verwaltungsbereich des Krankenhauses und suche eine Türe mit der Aufschrift Abmeldung, weil ich annehme, mich dort abmelden zu müssen. Zu diesem Zweck gehe ich mit dem Rollator nah genug an die Türen heran, um die Schilder lesen zu können. Irgendwann merkt das der Mitarbeiter in der Information, sodass er in meine Richtung sieht und mich fragt:

„Kann ich etwas für Sie tun?"

Ich drehe mich zu ihm um.

„Ich suche die Abmeldung."

„Die befindet sich dort", er zeigt auf eine Türe am anderen Ende der Halle.

Mit einem „Danke!" bewege ich mich samt Rollator dorthin. Bei der richtigen Türe angekommen, klopfe ich und trete ein. Es ist ein länglicher Raum, in dem der Länge nach einige Schreibtische aufgereiht stehen. Davor und dahinter stehen jeweils ein Stuhl und auf jedem der Schreibtische ein Computer und ein Drucker. An einem der Arbeitsplätze sitzt eine Dame, die anderen sind unbesetzt. Ich schiebe den Rollator dorthin und setze mich auf den Stuhl. Die Mitarbeiterin lächelt mich an und fragt:

„Was kann ich für Sie tun?"

„Ich möchte mich abmelden", antworte ich.

„Alles klar. Wie ist Ihr Name?"

„Wilhelm Steiner."

Sie bedankt sich und tippt etwas in den Computer.

„Okay, gut! Der Arztbrief ist bereits im System. Ab wann möchten Sie sich denn abmelden?"

„Ab heute um ein Uhr nachmittags."

Wieder tippt sie etwas in den Computer.

„Hier steht, dass Sie den Rollator, den sie schon nutzen, und eine Rufhilfe mit nach Hause bekommen."

Sie sieht mich an und erklärt mir:

„Das mit der Rufhilfe funktioniert folgendermaßen: Sobald Sie zu Hause sind, melden Sie sich bitte bei dieser Nummer."

Sie gibt mir einen Zettel mit einer Telefonnummer.

„Sie erreichen damit die Firma, die
Ihnen die Rufhilfe montiert und einrichtet.
"

Ich nicke und sage:

„Okay, alles klar."

Die Mitarbeiterin wendet sich wieder
dem Computer zu. Nach ein paar Eingaben
startet der Drucker. Als dieser fertig ist,
nimmt sie die Seite an sich und überreicht
sie mir mit den Worten:

„Das ist die Bestätigung, dass Sie den
Rollator und die Rufhilfe entgegengenom-
men haben. Bitte hier unterschreiben, ich
hole derweil die Rufhilfe."

Sie zeigt mit einem Kugelschreiber auf
eine Stelle auf dem Ausdruck, auf der
mein Name steht. Ich unterschreibe, wie
gebeten, während sie sich aufmacht, um
die Rufhilfe aus einem Nebenzimmer zu
holen.

Als sie wiederkommt, trägt sie in beiden
Händen eine Schachtel. Sie übergibt sie
mir, setzt sich an ihren Arbeitsplatz,
nimmt den unterschriebenen Zettel an sich
und tippt wieder etwas in den Computer.
Ich überlege, wie ich die Schachtel in mein

Zimmer transportieren soll, und entscheide mich dafür, sie in den Korb meines Rollators zu legen.

Nach einigen Eingaben wendet sich die Mitarbeiterin wieder an mich:

„Haben Sie noch Fragen?"

Ich überlege kurz, aber mir fällt keine ein.

„Nein, fürs Erste nicht."

Sie bedient wieder den Computer, worauf der Drucker auf ihrem Schreibtisch nochmals eine Seite auswirft, die sie mir reicht und sagt:

„Das ist Ihre Entlassungsbestätigung. Diese können Sie bei Ihrer Versicherung einreichen."

Ich nehme das Papier an mich und lege es zur Rufhilfe in den Korb meines Rollators. Danach verabschiede ich mich von ihr und mache mich wieder auf den Weg in mein Zimmer.

Dort angekommen, habe ich noch Zeit bis zum Mittagessen.

Ich beschließe, mich bis dahin noch etwas auszuruhen. Ein Muskeltraining oder ein Training an meinem Schutzschild bringen im Moment nichts, weil mich Barbara ohnehin in ein paar Stunden abholt, und bis dahin will ich ausgeruht sein, um zu Hause wieder frisch an beidem weiterarbeiten zu können.

Nach einer Weile bringt der Pfleger das Mittagessen. Es ist kurz vor ein Uhr. Ich genieße es und warte danach – lesend in den Kurzgeschichten – darauf, dass Barbara mich abholt.

Und dann ist es so weit! Es klopft an die Türe und Barbara kommt mit funkelnden Augen ins Zimmer. Sie lächelt so breit, wie ich es bei ihr noch nie gesehen habe. Offensichtlich freut sie sich, dass ich nach Hause komme. In der Hand hält sie einen kleinen Koffer, den sie nach unserer Begrüßung aufs Bett stellt, und sagt:

„Da drin ist das Gewand zum Umziehen, das ich mitbringen sollte."

Ich öffne den Koffer, nehme eine blaue Hose, Socken, etwas für den Oberkörper und Schuhe heraus und ziehe alles an. Währenddessen packt Barbara meine Habseligkeiten zusammen, und als wir fertig sind, gehen wir gemeinsam, ich am Rollator, aus dem Zimmer zum Lift und fahren ins Erdgeschoss. Dort angekommen, gehen wir durch den langen Gang, vorbei am Informationsbereich, aus dem Krankenhaus und nach draußen.

Die Sonne scheint. Es ist ein schöner, warmer Nachmittag. Etwas blendet meine Augen, also schließe ich sie. Meine Haut fühlt sich warm an. Das ist sicherlich die Sonne. Ein schönes Gefühl! Ich bleibe stehen, genieße die Wärme und lächle. Nach einer Weile spüre ich Barbaras Hand auf meiner.

„Ich freue mich, dass du wieder anfängst, dein Leben zu genießen", sagt sie. „Komm, fahren wir nach Hause!"

Wird
in Episode 2 fortge-
setzt ...